ÁLBUM DE FAMÍLIA

NELSON RODRIGUES

ÁLBUM DE FAMÍLIA

Tragédia em três atos
Peça mítica
1967

5ª edição
Posfácio: André Seffrin

EDITORA
NOVA
FRONTEIRA

© 1967 Espólio de Nelson Falcão Rodrigues

Direitos de edição da obra em língua portuguesa no Brasil adquiridos pela EDITORA NOVA FRONTEIRA PARTICIPAÇÕES S.A. Todos os direitos reservados. Nenhuma parte desta obra pode ser apropriada e estocada em sistema de banco de dados ou processo similar, em qualquer forma ou meio, seja eletrônico, de fotocópia, gravação etc., sem a permissão do detentor do copirraite.

EDITORA NOVA FRONTEIRA PARTICIPAÇÕES S.A.
Rua Candelária, 60 — 7º andar — Centro — 20091-020
Rio de Janeiro — RJ — Brasil
Tel.: (21) 3882-8200

DADOS INTERNACIONAIS DE CATALOGAÇÃO NA PUBLICAÇÃO (CIP)
(CÂMARA BRASILEIRA DO LIVRO, SP, BRASIL)

Rodrigues, Nelson, 1912-1980
 Álbum de família: tragédia em 3 atos / Nelson Rodrigues; posfácio André Seffrin. - 5. ed. - Rio de Janeiro: Nova Fronteira, 2020.

 ISBN 978-65-5640-082-2

 1. Peças teatrais 2. Teatro brasileiro 3. Teatro brasileiro (Tragédia) I. Seffrin, André. II. Título.

20-44769 CDD-B869.2

Índices para catálogo sistemático:
1. Teatro : Literatura brasileira   B869.2
Maria Alice Ferreira - Bibliotecária - CRB-8/7964

SUMÁRIO

Programa de estreia da peça 9
Personagens 11
Primeiro ato 13
Segundo ato 55
Terceiro ato 97

Posfácio 149
Sobre o autor 155
Créditos das imagens 159

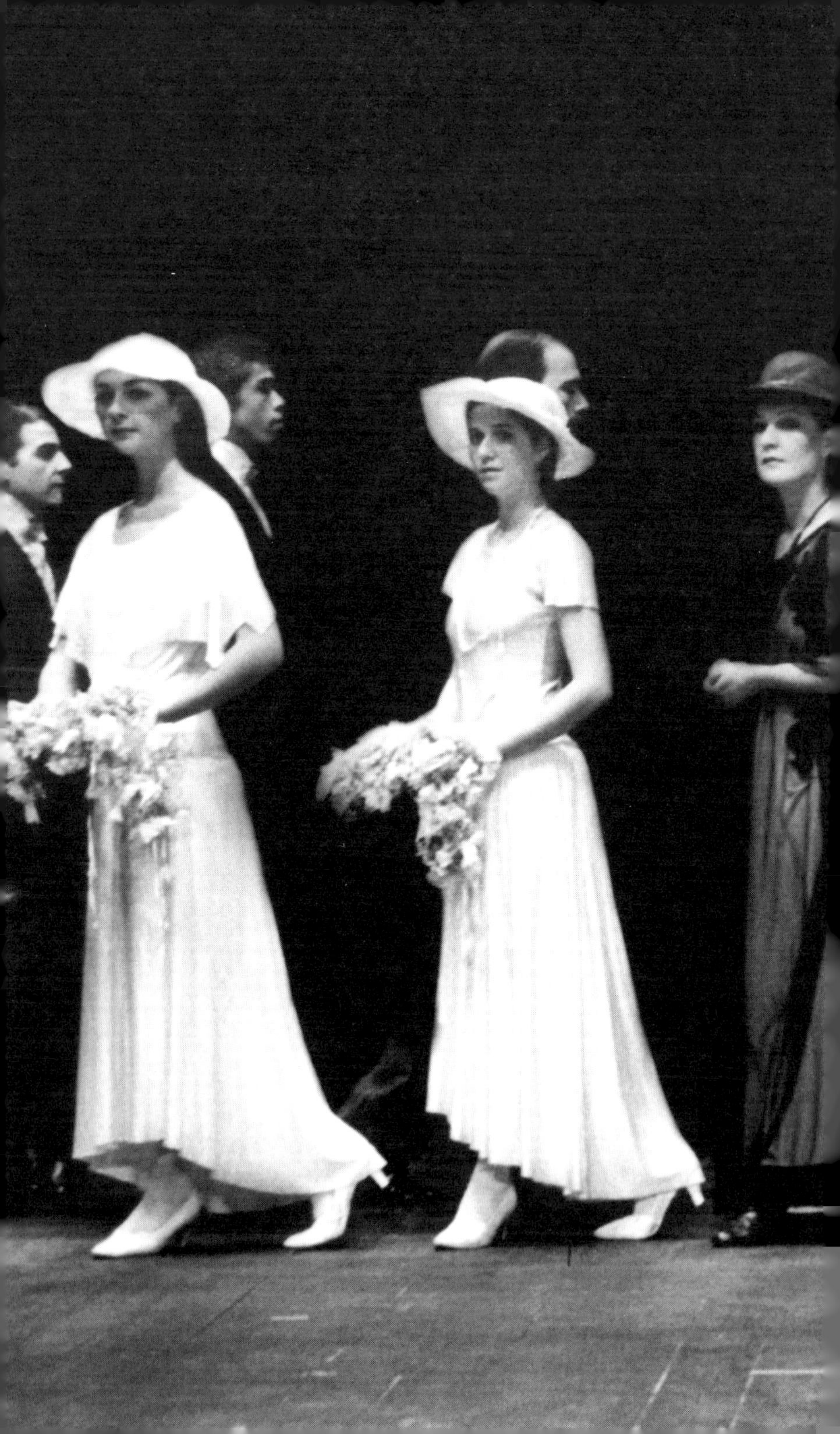

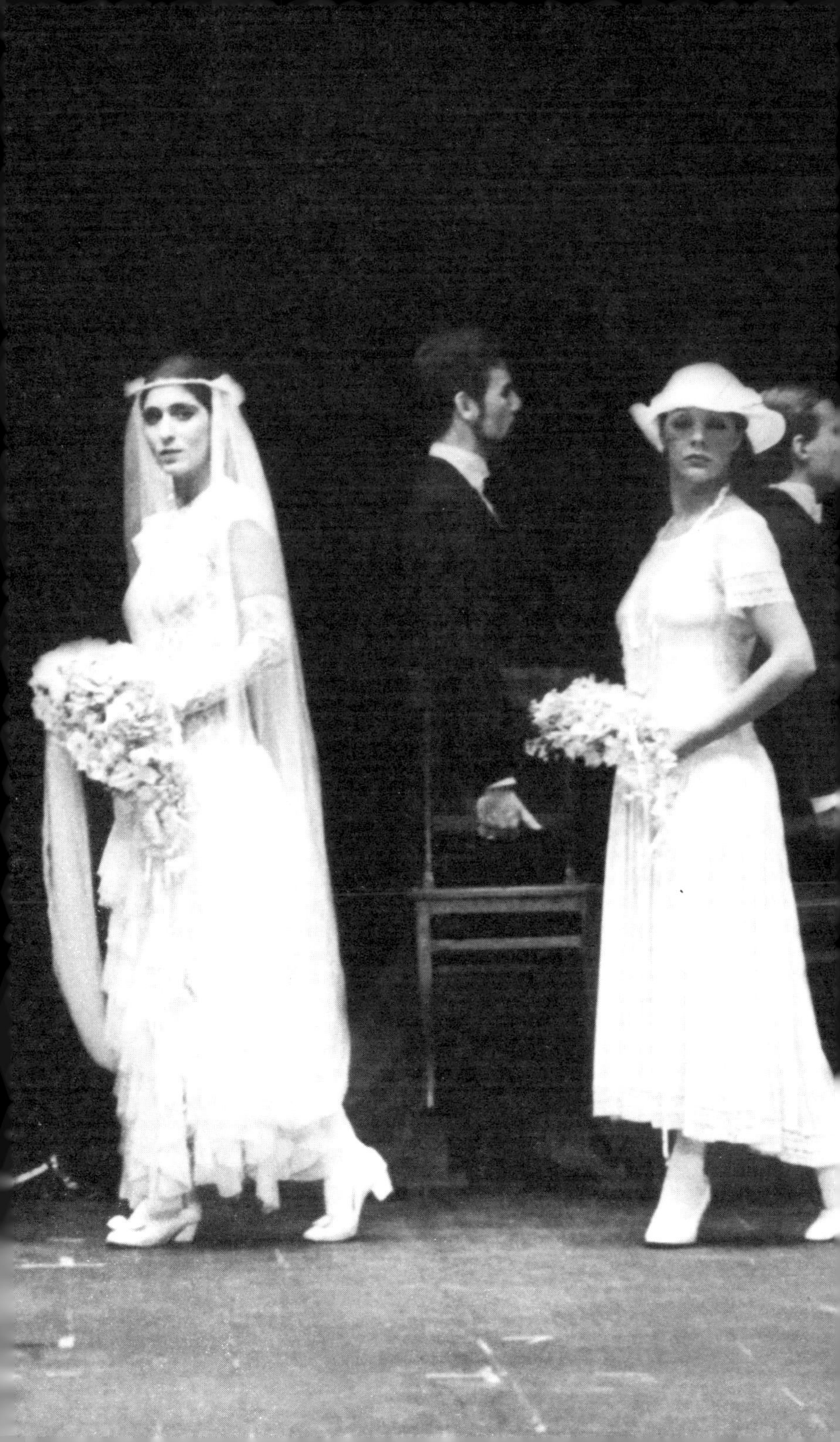

Programa de estreia de Álbum de família, apresentada no Teatro Jovem, Rio de Janeiro, em 28 de julho de 1967.
A peça fora interditada pela censura em 17 de março de 1946 e liberada em 3 de dezembro de 1965.

Teatro Jovem
apresenta

Álbum de família
Tragédia de Nelson Rodrigues
em três atos

Personagens por ordem de entrada em cena:

Jonas	Luiz Linhares
D. Senhorinha	Vanda Lacerda
Tia Rute	Virgínia Valli
Guilherme	Ginaldo de Souza
Edmundo	José Wilker
Glória	Adriana Prieto
Teresa	Célia Azevedo
Voz de mulher	Thelma Reston
Avô	Paulo Nolasco
Heloísa	Thaís Moniz Portinho

Direção, cenários e figurinos de Kleber Santos.

PERSONAGENS

Speaker
Jonas / 45 anos, vaga semelhança com Jesus
D. Senhorinha / esposa de Jonas, quarenta anos, bonita e conservada
Guilherme / filho mais velho do casal. Místico
Edmundo / adolescente, com uma coisa de feminino
Glória / 15 anos, espantosamente parecida com d. Senhorinha
Teresa / coleguinha de Glória
Nonô / o possesso
Tia Rute / irmã de d. Senhorinha, solteira, tipo da mulher sem o menor encanto sexual
Avô
Heloísa / mulher de Edmundo

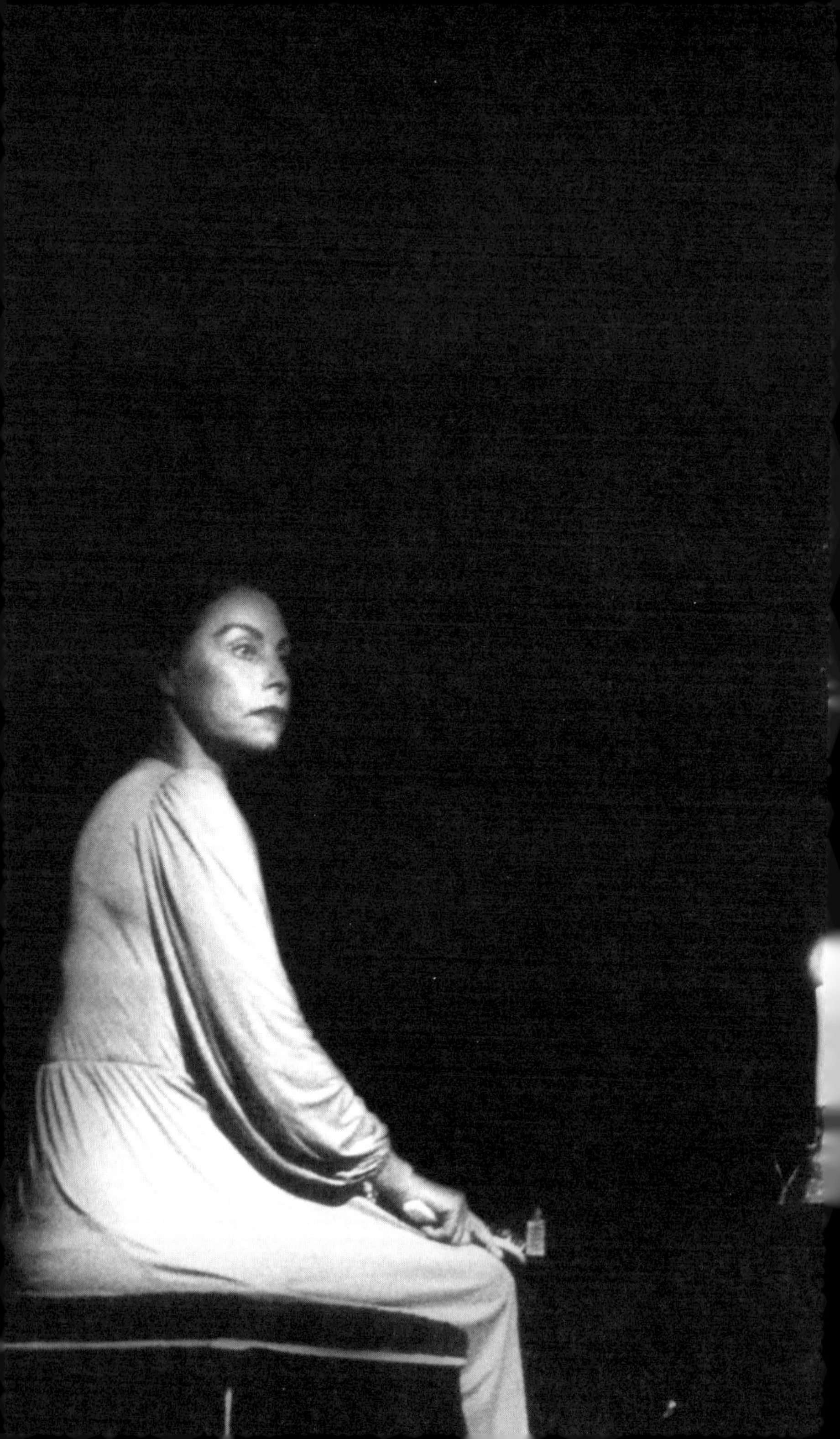

PRIMEIRO ATO

(Abre-se o pano: aparece a primeira fotografia do álbum de família, datada de 1900: Jonas e Senhorinha, no dia seguinte ao casamento. Os dois têm a ênfase cômica dos retratos antigos. O fotógrafo está em cena, tomando as providências técnico-artísticas que a pose requer. Esmera-se nessas providências, pinta o sete; ajeita o queixo de Senhorinha; implora um sorriso fotogênico. Ele próprio assume a atitude alvar que seria mais compatível com uma noiva pudica depois da primeiríssima noite. De quando em quando, mete-se dentro do pano negro, espia de lá, ajustando o foco. E vai, outra vez, dar um retoque na pose de Senhorinha. Com esta cena, inteiramente muda, pode-se fazer o pequeno balé da fotografia familiar. Depois de mil e uma piruetas, o fotógrafo recua, ao mesmo tempo que puxa a máquina, até desaparecer de todo. Por um momento, Jonas e Senhorinha permanecem imóveis: ele, o busto empinado; ela, um riso falso e cretino, anterior ou não sei se contemporâneo de Francesca

Bertini[1] *etc. Ouve-se, então, a voz do* speaker[2], *que deve ser característica, como a de D'Aguiar Mendonça, por exemplo. NOTA IMPORTANTE: o mencionado speaker, além do mau gosto hediondo dos comentários, prima por oferecer informações erradas sobre a família.)*

(O speaker *é uma espécie de Opinião Pública.)*

SPEAKER *(já na ausência do fotógrafo, enquanto Jonas e Senhorinha estão imóveis)* — Primeira página do álbum. 1900. 1º de janeiro: os primos Jonas e Senhorinha, no dia seguinte ao do casamento. Ele, 25 anos. Ela, 15 risonhas primaveras. Vejam a timidez da jovem nubente. Natural — trata-se da noiva que apenas começou a ser esposa. E isso sempre deixa a mulher meio assim. Naquele tempo, moça que cruzava as

---

[1] Francesca Bertini: nome artístico de Elena Seraceni, atriz do teatro e do cinema mudos italianos no começo do século XX, nascida em Florença em 1892.

[2] *Speaker*: locutor. Na época era comum preferir-se o termo estrangeiro bem como sua grafia na língua de origem.

pernas era tida como assanhada, quiçá sem-vergonha — com perdão da palavra.

(Desfaz-se a pose. Jonas quer abraçar Senhorinha, que, confirmando o speaker, *revela um pudor histérico.)*

SPEAKER *(extasiado)* — Tão bonito pudor em mulher!

(Formalizam-se os nubentes, porque ouvem barulho. Entram pessoas que, sem palavras, atiram arroz nos noivos. Jonas e Senhorinha saem.)

SPEAKER — Partem os românticos nubentes para a fazenda de Jonas, em S. José de Golgonhas[3]. Longe do bulício da cidade, gozarão a sua lua de melzinha. *Good-bye*, Senhorinha! *Good-bye*, Jonas! E não esquecer o que preconizam os Evangelhos: "Crescei e multiplicai-vos!"

---

[3] *São José de Golgonhas: nome imaginário de cidade. Pela proximidade com Três Corações, mencionada adiante, a cidade se situaria na serra da Mantiqueira, em Minas Gerais.*

(Apaga-se o palco, emudece o speaker: *ilumina-se uma nova cena — ângulo de um dormitório de colégio. Cama de grades; deitadas, lado a lado — Glória e Teresa, ambas em finíssimas camisolas, muito transparentes. São meninas que aparentam 15 anos. Há entre as duas um ambiente de idílio.)*

TERESA — Você jura?
GLÓRIA — Juro.
TERESA — Por Deus?
GLÓRIA — Claro!

(NOTA IMPORTANTE: é preciso que se observe um desequilíbrio entre as duas: o sentimento de Teresa é mais ativo, mais absorvente; ao passo que Glória, embora admitindo o idílio, resiste mais ao êxtase.)

TERESA — Então, quero ver. Mas, depressa, que a irmã pode vir.
GLÓRIA *(erguendo a cabeça)* — Juro que...
TERESA *(retificando)* — Juro por Deus...
GLÓRIA — Juro por Deus...
TERESA — ...que não me casarei nunca...
GLÓRIA — ...que não me casarei nunca...
TERESA — ...que serei fiel a você até à morte.
GLÓRIA — ...que serei fiel a você até à morte.

(*Pausa. As duas se olham. Teresa encosta o nariz no rosto de Glória, amassa o nariz no rosto de Glória.*)

TERESA — E que nem namora.

GLÓRIA — E que nem namoro.

TERESA *(apaixonada)* — Também juro por Deus que não me casarei nunca, que só amarei você e que nenhum homem me beijará.

GLÓRIA *(menos trágica)* — Só quero ver.

TERESA *(trêmula)* — Segura minha mão assim. *(olhando-a profundamente)* Se você morrer um dia, nem sei!

GLÓRIA — Não fala bobagem!

TERESA — Mas não quero que você morra, nunca! Só depois de mim. *(com uma nova expressão, embelezada)* Ou então, ao mesmo tempo, juntas. Eu e você enterradas no mesmo caixão.

GLÓRIA — Você gostaria?

TERESA *(no seu transporte)* — Seria tão bom, mas tão bom!

GLÓRIA *(prática)* — Mas no mesmo caixão não dá — nem deixam!

TERESA *(sempre apaixonada)* — Me beija!

(Glória beija na face, com certa frivolidade.)

TERESA — Na boca!

(Beijam-se na boca; Teresa de uma forma absoluta.)

TERESA *(agradecida)* — Nunca nos beijamos na boca — é a primeira vez!

GLÓRIA *(como que experimentando o gosto do beijo)* — Interessante!

TERESA *(um pouco inquieta)* — Gostou, mas muito?

GLÓRIA — Na boca é diferente, não é?

TERESA — Você vai-se esquecer de mim!

GLÓRIA *(frívola)* — Boba!

TERESA *(arrebatada)* — Você nunca encontrará ninguém que te ame como eu — duvido!

GLÓRIA — Então, não sei?

TERESA *(sempre com a iniciativa)* — Me beija outra vez...

(Depois do beijo longo.)

GLÓRIA (*sem saber se gostou ou não*) — Teus lábios são frios, quer dizer — molhados.

TERESA (*feliz*) — Lógico. É a saliva...

(Apaga-se a pequena cena do dormitório. Ilumina-se um espaço maior e mais central. Sala da fazenda de Jonas. Primeiro, a sala está deserta; alguém chega à janela, por fora, e solta um grito pavoroso, não humano, um grito de besta ferida. Aparecem, a seguir, espantadas, duas mulheres que vêm espiar pelos vidros: d. Senhorinha, digna, altiva e extremamente formosa; e tia Rute, irmã de d. Senhorinha, velha solteirona, taciturna e cruel. D. Senhorinha mais madura do que no retrato, pois já se passaram vinte e tantos anos. Depois de algum tempo, ouve-se o gemido constante de uma mulher que está com as dores do parto numa dependência próxima da casa. Retrato de Jesus na parede.)

TIA RUTE (*na janela, olhando para fora*) — É Nonô, outra vez!

(Com angústia, d. Senhorinha vai também espiar, enquanto tia Rute, com crueldade bem perceptível, continua falando.)

TIA RUTE — Eu conheço o grito dele. Aliás, não é grito, uma coisa, não sei.

	Parece uivo, sei lá. Se eu fosse você, tinha vergonha!
D. SENHORINHA	*(com sofrimento)* — Vergonha de quê?
TIA RUTE	— De ter um filho assim — você acha pouco?
D. SENHORINHA	*(com sofrimento)* — Uma infelicidade, ora, como outra qualquer!
TIA RUTE	*(castigando a irmã)* — Imagine que enlouquece e a primeira coisa que faz é tirar toda a roupa e viver no mato assim. Como um bicho! Você não viu, outro dia, da janela, ele lambendo o chão? Deve ter ferido a língua!
D. SENHORINHA	*(dolorosa)* — Às vezes, eu penso que o louco não sente dor!
TIA RUTE	— Hoje, está rodando, em torno da casa, como um cavalo doido!
D. SENHORINHA	— Nonô é muito mais feliz do que eu — sem comparação. *(sempre dolorosa)* Às vezes, eu gostaria de estar no lugar do meu filho...

(Já saíram da janela. D. Senhorinha, triste, digna, altiva, com uma dor bastante sóbria, procurando sempre ficar de

costas para a irmã. Tia Rute com uma crueldade que não pode esconder.)

TIA RUTE	*(sardônica)* — E... DESPIDA, naturalmente.
D. SENHORINHA	*(abstrata)* — O meu consolo é que ele não se esquece da família. Quase todos os dias vem gritar perto daqui, como se chamasse alguém...
TIA RUTE	*(perversa)* — Você, talvez?
D. SENHORINHA	*(com certa violência)* — Nonô, quando era bom, gostava de mim, tinha adoração por mim. *(abstrata outra vez)* É saudade que ele tem — SAUDADE! *(taciturna)* Saudade da casa...
TIA RUTE	*(veemente)* — Da casa o quê! Ele nunca gostou disso aqui, nunca pôde passar meia hora numa sala, num quarto. Vivia lá fora!
D. SENHORINHA	— Seria tão bom que fosse saudade, de mim, só de mim — de mais ninguém!

(Recomeçam os gemidos da mulher grávida, interrompendo a conversa. Entra Jonas: tipo do homem nervoso, apai-

xonado, boca sensual, barba em ponta. Cabelos à Bufallo Bill, quer dizer, meio nazareno[4]. Vaga semelhança com Nosso Senhor.)

MULHER GRÁVIDA *(sempre numa voz grossa, pesada, de quem sofreu demais, gritou demais)* — ...Desgraçado — me aleijou... Te amaldiçoo... Tu vai pagar o que me fez...

(Os três olham na direção dos gemidos.)

JONAS *(ríspido)* — O médico vem ou não vem?
TIA RUTE *(demonstrando solicitude e carinho quando se dirige a Jonas)* — Pois é. Foi para Três Corações atender a um parto.
JONAS *(taciturno)* — Coisa incrível!
TIA RUTE *(melíflua)* — Só chega amanhã, ou, então, de madrugada.

---

[4] Cabelos à Buffalo Bill, meio nazareno: Buffalo Bill (1846-1917), batizado William Cody, era o apelido de um famoso caubói norte-americano. Tinha cabelos loiros e longos, que caíam em cachos sobre seus ombros. Daí a denominação "nazareno", isto é, cabelos semelhantes aos com que a tradição europeia pintou a imagem de Jesus Cristo.

JONAS	*(com sofrimento)* — Eu acho que vocês duas é que têm que liquidar o caso.
D. SENHORINHA	*(sem virar o rosto na direção do marido)* — Jonas.
JONAS	*(como se despertasse, meio espantado)* — Eu!
D. SENHORINHA	*(máxima sobriedade)* — Essa menina, Jonas...
JONAS	— Que é que tem?
D. SENHORINHA	*(dolorosa)* — Quase uma criança...
JONAS	*(profundamente interessado com o que vê lá fora)* — Sei.
D. SENHORINHA	— ...nem tem formas direito — vai fazer ainda 15 anos. Não sabia como era esse negócio de filho.
JONAS	*(sem ligar à mulher)* — Nonô está possesso hoje!
D. SENHORINHA	— Por que é que você não escolheu outra?
JONAS	*(para tia Rute)* — Aquele negócio, Rute?
TIA RUTE	*(acesa)* — Resolvido.
D. SENHORINHA	*(sem notar que ninguém liga para ela)* — Você acha que está certo?
JONAS	*(para ela; cólera contida)* — Acho.

(D. Senhorinha estaca; parece cair em si; abaixa a cabeça, sem, todavia, perder a dignidade.)

D. SENHORINHA — Jonas, essa menina não podia ter filhos!

JONAS *(sombrio)* — Pode, sim. Você é que está com coisa. *(violento)* Esse médico, esse cretino!

(Intervém tia Rute. Cariciosa, sedativa, querendo atenuar as reações de Jonas. D. Senhorinha vai-se sentar junto à janela.)

TIA RUTE *(misteriosamente)* — Tenho outra. Você conhece.

JONAS *(interessado)* — Já veio aqui?

TIA RUTE *(excitada)* — Veio, sim — naquele dia! Até você olhou muito para ela — eu notei!

JONAS *(estica as pernas, sensualmente)* — Como é, mais ou menos?

TIA RUTE — Os homens andam assim atrás dela — se você visse!... *(indicando o quarto da mulher grávida)* Só uma coisa: não é como essa — estreita! Tem mais cadeiras, mas deixa —

	não faz mal. Se eu fosse homem, nem discutia. *(confidencial)* Vi tomando banho na lagoinha!
JONAS	*(com certa decepção)* — Grande de cadeiras — mas... demais, grande demais?
TIA RUTE	*(admirativa)* — Um corpo, meu filho! *(com mímica)* O peito, tudo!
JONAS	— Casada? Se for, não interessa!
TIA RUTE	— Casada o quê! Só noiva, mas o noivo... *(com desprezo absoluto)* Agora: é desbocada como você não faz a menor ideia. Diz cada nome! E aos berros, na frente de todo mundo.
JONAS	*(sombrio de desejo)* — Diz nome... Idade?
TIA RUTE	*(mudando de tom)* — Novinha — 16 anos. Depois é dessas mulheres que dão em homem. Bate no noivo; aliás, dizem que ele gosta.
JONAS	— É "moça"?
TIA RUTE	*(categórica)* — Lógico! Tem esses modos etc., mas com ela ninguém arranja nada. Fica só na brincadeira — sabidíssima!

JONAS	— Essa história de dizer nomes feios sem quê, nem para quê? É maluca?
TIA RUTE	— Maluca, coisa nenhuma!
D. SENHORINHA	*(sem aparente consciência do que está dizendo)* — Acho que o amor com uma pessoa louca — é o único puro!

(Diz isso olhando para fora, com uma certa doçura.)

JONAS	*(que olhou na direção de d. Senhorinha e parece impressionado; como se estivesse com medo)* — Porque se for maluca, não quero! *(como se falasse para si mesmo)* Aquela chegou. *(com maior angústia)* As loucas são incríveis; (baixa a voz) no amor metem medo!...

(Recomeça a mulher grávida; desta vez, falando também.)

MULHER GRÁVIDA	— ...me deem uma coisa para eu tomar... Eu não posso, meu Deus do céu... Minha santa Teresinha!
JONAS	— E ela?

TIA RUTE *(ávida)* — Que é que tem?

JONAS — Quer?

TIA RUTE — Claro! Todo mundo está de acordo — o avô — não tem mãe, nem pai —, o noivo. *(abaixa a voz)* Prometi que você protegia a família. Ela me disse que você era homem — HOMEM! E depois, o orgulho, a vaidade. Sabe como é mulher!

JONAS *(com sofrimento retrospectivo)* — Nem todas! Aquela — Açucena — não quis nada comigo!

TIA RUTE — Aquela é diferente: veio da cidade — instruída. Estou falando do pessoal daqui *(com ênfase)* da terra.

(Durante o diálogo, d. Senhorinha em silêncio olhando para fora.)

JONAS *(em fogo)* — Então, arranje isso. Mas logo!

(Quebra-se a impassibilidade de d. Senhorinha.)

TIA RUTE — Vou dar uma espiada lá fora.

(Sai tia Rute.)

D. SENHORINHA — Eu podia dizer que sou sua esposa...

JONAS *(sardônico, interrompendo)* — Ia adiantar muito!

D. SENHORINHA — ...podia reclamar que você botasse uma mulher aqui para ter um filho seu...

JONAS *(ameaçador)* — Se faça de tola!

(Interrompe-se d. Senhorinha, porque acaba de entrar, atrás de tia Rute, o avô da nova conquista de Jonas. Um velho de barbas bíblicas; apoia-se num bastão, porque tem uma das pernas enroladas em pano, em virtude de uma aparente elefantíase.)

TIA RUTE *(recomeçando)* — Rápido, hem?

AVÔ *(renitente)* — Um instantinho só, dona.

(O velho faz logo um vasto e coletivo cumprimento.)

AVÔ — Muito boas-tardes. *(Ninguém responde.)*

JONAS *(taciturno)* — Que é que há?

TIA RUTE — É o avô, Jonas. O avô da menina. A que eu lhe falei.

AVÔ — Vim só cumprimentar o senhor, "seu" Jonas. Aposto que nem se lembra de mim; também era tão novinho! O senhor, "seu" Jonas, fez muito xixi, em cima de mim, muito! Também montou na minha corcunda. Cada judiaria! Pois o senhor querendo, não faça cerimônia — disponha! Quando quiser!

TIA RUTE — Chega, Tenório.

(Tia Rute quer puxar o patriarca.)

AVÔ — Trouxe minha neta. Sou homem de uma palavra só. Faz bem, "seu" Jonas, em não querer nada com o pessoal da Mariazinha Bexiga. Umas mulheres perebentas! Agora, minha neta — duvido! Me arresponsabilizo, tão limpinha, não tem uma ferida. A não ser uma vez que o calcanhar postemou, mas faz tempo.

(O patriarca não quer sair de jeito nenhum.)

AVÔ — Deus Nosso Senhor lhe dê muita saúde. Para d. Senhorinha, também. Se minha neta perder o respeito, o senhor não se avexe de me chamar. Dou de cinto!

(Puxado por tia Rute, desaparece o patriarcal avô.)

JONAS *(parece cair em transe; não se dirige a ninguém; volta tia Rute, sem que ele perceba)* — Gosto de menina sem-vergonha. Mulher, não; menina. De 14, 15 anos. Desbocada. *(com angústia)* Aliás, não sei por que mulher não pode dizer nome feio como nós, por quê, ora essa? *(com absoluta dignidade, quase com sofrimento)* Numa conversa, durante a refeição; a Ceia do Senhor, pendurada na parede, e a dona da casa dizendo palavrões!

(Volta-se para tia Rute; parece louco.)

D. SENHORINHA	*(veemente, má)* — Glória não é desbocada! Glória não diz palavrões! É menina, tem 15 anos!
JONAS	*(caindo em si)* — Glória é uma santa... Uma santa de louça, de porcelana...
TIA RUTE	*(como para despertá-lo)* — E a menina?
JONAS	*(ainda na sua angústia)* — Eu queria uma garota de 15 anos, pura, que nunca tivesse desejado! Que nunca tivesse dito um nome feio!

(Outra vez, para tia Rute, mas de uma incoerência absoluta.)

JONAS	— Rute, quero a neta do velho, aqui, HOJE!
D. SENHORINHA	*(lacônica e gelada)* — Hoje, não. Hoje não pode ser.
JONAS	*(aproximando-se de tia Rute)* — Só você, Rute, nesta casa! Você é a única pessoa que me quer bem, que faz tudo, TUDO, por mim!
TIA RUTE	*(apaixonadamente)* — TUDO!

JONAS — *(com a mesma doçura quase musical)* — Até infâmias — qualquer uma! Até um CRIME! *(volta-se para d. Senhorinha, com súbito rancor)* Mas a casa toda me odeia, eu sinto! Esse meu filho doido, Nonô...

D. SENHORINHA — *(hirta)* — Não toque em Nonô!

JONAS — *(violentamente)* — Completamente doido! Só tem de humano o ódio a mim, ao PAI! Quando sai do mato e me vê de longe, atira pedras!

D. SENHORINHA — — Quando ele era bom, você batia nele!

(Jonas aproxima-se de d. Senhorinha, que fica de perfil para ele, como se não quisesse encará-lo.)

JONAS — *(surdamente)* — Edmundo não me suporta...

D. SENHORINHA — — Você não botou ele para fora de casa, três dias depois do casamento?

JONAS — *(sem ligar à interrupção)* — Nem Guilherme!... *(violento, querendo encarar d. Senhorinha)* E você também! Quando está cara a cara comigo, fica de perfil. Com esse ar de mártir, quando devia estar de joelhos, aos meus pés, beijando meus sapatos!

(Volta à tia Rute, que assiste à cena, fascinada.)

JONAS *(inesperadamente doce)* — Você não, Rute! Sempre firme. Eu tenho certeza de que, se eu ficasse leproso, talvez meus filhos e minha mulher me matassem a pauladas. Mas você não teria nojo de mim. NENHUM!

TIA RUTE *(persuasiva)* — Não se excite, Jonas, lhe faz mal excitar-se.

JONAS *(gritando)* — Mas ELES estão enganados comigo. Eu sou o PAI! O pai é sagrado, o pai é o SENHOR! *(fora de si)* Agora eu vou ler a Bíblia, todos os dias, antes de jantar, principalmente os versículos que falam da família!

(A própria excitação parece esgotá-lo; cai numa cadeira, estirando as pernas.)

D. SENHORINHA *(do seu canto)* — A tal mulher não pode vir, Jonas!

(Está mortalmente fria.)

TIA RUTE *(sardônica)* — Minha irmã querendo dar ordens!

JONAS — Deixa ela comigo! *(mudando de tom)* Faço questão que essa garota venha, Rute.

TIA RUTE *(exultante)* — Não se incomode.

(D. Senhorinha barra o caminho de tia Rute, que se ia afastar.)

D. SENHORINHA *(humilhando-se um pouco)* — Rute, você é minha irmã.

TIA RUTE *(cortante)* — Não interessa.

D. SENHORINHA *(entre autoritária e suplicante)* — Quando mamãe morreu, ela pediu que você tomasse conta de mim. Como minha irmã mais velha. Você prometeu, Rute, jurou!

TIA RUTE *(dura)* — E então?

D. SENHORINHA *(suplicante)* — Mande essa mulher, essa menina de volta. Deus lhe pode castigar!

TIA RUTE	— Tanto faz.
D. SENHORINHA	*(humilhando-se mais)* — Só por hoje, Rute. Você sabe que eu não me incomodo — já aturei tanto! Mas hoje, não, porque Glória chega... Glória.
JONAS	*(em pânico)* — Glória!
D. SENHORINHA	— ...aconteceu uma coisa com Glória, no colégio, não sei. Ou hoje ou amanhã ela está aí!
JONAS	*(levantando-se, perturbado)* — Mas aconteceu o quê?... Diga!... Você está escondendo de mim, o quê?
D. SENHORINHA	— Não sei de nada. O telegrama só diz que ela vem — telegrama da madre superiora.
JONAS	*(atormentado)* — O que terá havido, meu Deus do céu!
D. SENHORINHA	*(como se falasse para si mesma)* — Sempre que Glória está aqui, você se comporta. Até me trata melhor, é outro. Ela é a única pessoa no mundo que você respeita. *(num transporte)* Glória é tão pura, acredita nas pessoas, não vê maldade em nada! Nem sabe que

	existe amor, não faz a mínima ideia do que seja amor. Pensa que é amizade!
JONAS	*(com sofrimento)* — Ela não é deste mundo. Quando fez a primeira comunhão, tive um pressentimento horrível!
D. SENHORINHA	*(veemente)* — Ela não precisa saber, não deve desconfiar de nada! *(com tristeza e doçura)* Me disse uma vez que você, com a barba assim, e o cabelo, se parecia com Nosso Senhor!
JONAS	*(como que tocado por uma suspeita)* — Mas ela chega hoje ou amanhã?
D. SENHORINHA	*(perturbada)* — Não sei direito, ou hoje ou amanhã!
JONAS	*(gritando)* — Diga!
D. SENHORINHA	*(baixando a cabeça, humilhada)* — Parece que amanhã.
JONAS	*(cruel, já com o desejo renascendo)* — Amanhã, hem? Então, Rute, pode trazer a fulana! *(muda de tom, enigmático)* Glória

	vem. Agora mesmo é que eu preciso de meninas!
D. SENHORINHA	*(interpondo-se outra vez)* — Espere, Rute; há outra coisa, Jonas.
JONAS	— Há o quê?
D. SENHORINHA	*(humilhadíssima)* — Edmundo está aí. Edmundo chegou hoje!
JONAS	*(espantado)* — Sozinho ou com a mulher?
D. SENHORINHA	— Sozinho.
JONAS	*(num crescendo de raiva)* — Se fosse com a mulher, eu ainda podia tolerar... Mas sozinho! Você não estava preocupada com Glória, e sim com Edmundo. Quem deu licença para Edmundo entrar na minha casa? Eu disse que ele não voltasse NUNCA!
D. SENHORINHA	*(humilhando-se)* — Veio-me ver, Jonas, veio-te ver!
JONAS	*(feroz)* — Dispenso.
D. SENHORINHA	— Da outra vez, a briga foi por minha causa, porque você me tratou mal. Não quero que saia outra briga por uma coisa

semelhante. Se ele souber! Já desconfia!

(D. Senhorinha dirige-se à tia Rute.)

D. SENHORINHA   *(selvagem)* — Olha! eu estou pedindo, ouviu? — para evitar uma desgraça maior!

TIA RUTE   — Desgraça maior o quê? O que é que ele pode fazer em Jonas? Jonas é mais homem do que ele, sem comparação. Jonas naquele dia deu nele como nunca vi nenhum homem dar tanto em outro. Ele correu, na frente de todo mundo!

(D. Senhorinha parece intimidar-se ante a violência da irmã.)

TIA RUTE   *(para Jonas)* — Volto já com a moça, Jonas!

D. SENHORINHA   — Sem-vergonha!

TIA RUTE   *(espantada)* — O quê?

D. SENHORINHA   — Você!

JONAS   — Não ligue, Rute!

TIA RUTE   *(dominada também pela raiva)* — Quem é a sem-vergonha, eu? Você

	é que é! Em mim nunca homem nenhum tocou!
D. SENHORINHA	*(mais serena, cruel)* — Porque nenhum quis — você não é nem mulher!
TIA RUTE	— Graças a Deus, ainda não fiz o que todas fazem, ou querem! O que você fez!
D. SENHORINHA	*(exaltada, de novo)* — Não tem cadeiras, nem seios, nem nada! *(com uma mímica adequada)* Uma tábua! Ser séria assim, minha filha!... Quero ver séria bonita, desejada! Com todos os homens malucos em volta! Virtude assim, sim, vale a pena!
JONAS	*(interpondo-se)* — Pare com isso, Rute!
TIA RUTE	*(por conta do despeito)* — Primeiro, ela tem que me ouvir... *(para d. Senhorinha)* Você é que é a virtuosa? E aquela noite? No mínimo, já se esqueceu, claro, daquela noite!

(D. Senhorinha guarda silêncio.)

TIA RUTE	*(inteiramente possessa)* — Mas há uma que você não sabe. Eu menti quando lhe disse que nenhum homem me tinha tocado.
D. SENHORINHA	*(sardônica)* — Ah, houve um que...?
TIA RUTE	*(dolorosa, transfigurada pela recordação grata)* — Também foi só uma vez. Ele estava bêbado, mas não faz mal. NENHUM HOMEM ANTES TINHA OLHADO PARA MIM. Ninguém, nem pretos. Foi uma graça de bêbado que fizeram comigo — eu sei. Mas o fato é que FUI AMADA. Até na boca ele me beijou, como se eu fosse uma dessas mulheres muito desejadas. Esse homem *(mudando de tom, violenta)* É SEU MARIDO!
JONAS	*(com certo rancor)* — Não devia ter contado!
TIA RUTE	*(sem ouvi-lo)* — Por isso é que eu gosto dele. Sabia que tinha sido aquela vez só — que não voltaria mais, paciência. Mas como foi bom! Agora, o que ele quiser eu faço. Quer que eu arranje moças, meninas de 13, 14, 15 anos. Só

virgens, pois não! Para mim, é um santo, está acabado!

(Tia Rute cobre o rosto com uma das mãos. D. Senhorinha está imóvel, rígida. Jonas parece, afinal, impressionado com a confissão da cunhada.)

JONAS — *(para d. Senhorinha, com rancor)* — Você alguma vez me amou, assim?... Houve um momento que... Mas nem aí você seria capaz disso, *(a sério, como se estivesse fazendo uma reclamação digna)* de ir você mesma buscar mulheres — sobretudo virgens — para o homem que você amava — EU. Nenhuma mulher faz isso.

D. SENHORINHA — Queria que eu fizesse?

JONAS — *(aproximando-se da mulher)* — E para que essa pose que você tem?... *(com uma raiva que aumenta)* Você falou em sem-vergonha. *(com doçura sinistra)* Agora vai-me dizer uma coisa; aqui há uma sem-vergonha. Mas quem é?

D. SENHORINHA — *(perturbada)* — Não sei.

JONAS	*(avançando, enquanto ela recua)* — Sabe, sim. Quem é?
D. SENHORINHA	*(evadindo-se)* — Nós três.
JONAS	— Diga direito.
D. SENHORINHA	*(acuada)* — Eu. A sem-vergonha — sou eu!

(Então, lentamente, saem os três da cena. Cai a luz. Fica o palco vazio. Começa a gemer e a falar a mulher grávida.)

MULHER GRÁVIDA	— Eu fui atrás da conversa, acreditei... Dei trela... Ah, mas se eu soubesse que a dor era tanta... Tomara que te pegue uma doença!... E vem dor. Ahn!

(Apaga-se totalmente o palco central. Ilumina-se o álbum de família. Segunda página. Mesmo fotógrafo, mais velho 13 anos. Mesma máquina, mesma mise-en-scène. A família toda: Jonas e Senhorinha, agora, com os quatro filhos: Guilherme, Edmundo, Nonô e Glória, esta última no joelho de Senhorinha. Dois meninos de marinheiro; Guilherme, o mais velho, em uniforme colegial. Entra o speaker com a habitual imbecilidade.)

SPEAKER	— Segunda página do álbum. 1913. Um ano antes do chamado

"pandemônio louco".⁵ Senhorinha não é mais aquela noiva tímida e nervosa; porém, uma mãe fecunda. Do seu consórcio com o primo Jonas, nasceram, pela ordem de idade: Guilherme, Edmundo, Nonô e Glória. E ainda há quem seja contra o casamento!

(Desfaz-se a pose. Jonas beija a esposa na testa e, em seguida, pega a filha no colo.)

SPEAKER — Uma mãe assim é um oportuno exemplo para as moças modernas que bebem refrigerante na própria garrafinha!

(Ilumina-se a sala principal da fazenda. Está saindo de um quarto uma moça, tipo de beleza selvagem. Passa correndo, deixando a porta aberta. Depois de um momento, maior ou menor, sai Jonas pela mesma porta, ainda apertando o cinto. Entra o avô da menina que fugiu.)

---

⁵ "Pandemônio louco": provável referência de época à Primeira Guerra Mundial, que começou em 1914.

AVÔ — Tudo bem, "seu" Jonas? Direitinho?

JONAS *(taciturno)* — Mais ou menos.

AVÔ — É o que serve. Pois vá por mim, "seu" Jonas: não se meta com a gente da Mariazinha Bexiga, que se dá mal.

(Vai saindo de frente para Jonas: este não responde.)

AVÔ — Querendo, disponha. Lá na Mariazinha Bexiga está dando alteração toda noite. *(para, num último palpite)* A minha falecida dava-se muito com o senhor seu pai...

JONAS *(explodindo)* — Velho safado! Desapareça, antes que eu... Bom!

AVÔ *(em pânico)* — Às ordens! Às ordens!

(Sai o avô.)

(Entra d. Senhorinha com a sua bonita tristeza.)

JONAS	*(com irritação)* — Esteve-me espionando?
D. SENHORINHA	*(irônica)* — Eu? Me interesso muito pelo que você faz!
JONAS	*(canalha)* — Mas viu a menina?
D. SENHORINHA	— Sem querer, de passagem.
JONAS	*(aproximando-se de d. Senhorinha, julgando-a como quem julga um belo animal)* — Mais interessante do que você.
D. SENHORINHA	*(com ironia desesperada)* — Lógico! Tem mais cadeiras, mais busto... Transpira mais, eu quase não transpiro!... Anda imunda, e eu não! Mas você precisa, não é, de mulher assim? Gosta!
JONAS	*(mudando de tom)* — O pior é que eu não acho uma, não encontro... Tenho vontade de bater, até de estrangular! São umas porcas, e eu também! *(cai em prostração)*
D. SENHORINHA	— Edmundo brigou com Heloísa — estão separados. Receba seu filho, Jonas!

(Entra Edmundo, quando d. Senhorinha começou a frase anterior.)

D. SENHORINHA   *(patética)* — E tomara que ele não tenha visto a mulher sair daqui!

EDMUNDO   *(jovem, bonito, um certo quê de feminino)* — Eu vi uma mulher...

D. SENHORINHA   *(em pânico)* — Você me prometeu, Edmundo!

JONAS   *(sardônico)* — E não é mulher: é menina...

EDMUNDO   *(obstinado para d. Senhorinha)* — Quem é essa mulher?

D. SENHORINHA   — Ninguém, Edmundo.

JONAS   *(berrando)* — Eu estou falando. *(novo tom)* Considero falta de caráter, de vergonha, que um sujeito expulso de uma casa, CORRIDO, apareça, de novo, e COM O AR MAIS CÍNICO DO MUNDO!

EDMUNDO   *(sem ligar ao pai, como se este não existisse)* — Mãe, quem é, mãe?

D. SENHORINHA   — Não tem importância — bobagem.

EDMUNDO	*(para d. Senhorinha)* — Por que tolera ISSO?
D. SENHORINHA	*(implorante)* — Não se meta, Edmundo, deixe!
EDMUNDO	— Antigamente eu via certas coisas, mas era criança... Então, tudo isso acontece aqui, dentro de casa, na sua frente! Você vê tudo, suporta, não diz nada! E por quê — isso é que me dana —, POR QUÊ?
JONAS	*(irônico, para a mulher)* — Explique por quê!
EDMUNDO	— Eu não quero que isso continue, NÃO QUERO!
D. SENHORINHA	*(doce)* — Edmundo, atende a um pedido meu?
EDMUNDO	— Estão fazendo com você o que não se faz com a última das mulheres!

(D. Senhorinha abraça-se com Edmundo, sacode-o, como para despertá-lo.)

D. SENHORINHA	— Faz o que eu lhe pedir? Diga — faz?

(Pausa de Edmundo, que parece desorientado.)

EDMUNDO — *(num súbito transporte)* — Faço!

D. SENHORINHA — *(doce, olhando-o bem nos olhos)* — Lembre-se de quando era criança: vá tomar a bênção do seu pai!

EDMUNDO — *(recuando, com espanto)* — Não, isso não!

D. SENHORINHA — *(amorosa)* — Sou eu que lhe peço — eu! Vamos acabar com essa bobagem!

EDMUNDO — *(revoltado)* — Está completamente louca!

(Jonas começa a ferver.)

JONAS — *(andando pela sala, de um extremo a outro)* — Expulsei-o daqui... Dei na cara... Ele correu — não é homem... *(refere-se evidentemente a Edmundo, que parece não sentir as palavras paternas)*

(Entra tia Rute.)

EDMUNDO — — Isso ainda vai acabar mal!

TIA RUTE (*sardônica*) — Vai acabar mal o quê? O que é que vai acabar mal?

EDMUNDO (*cortante*) — Não quero conversa com a senhora. A senhora só me inspira repugnância, nojo!

TIA RUTE (*fremente*) — É boa — "vai acabar mal". É ameaça para Jonas, é? Você já se esqueceu das surras que apanhou?

JONAS — Deixe, Rute! Eu é que sou o pai! (*surdamente*) Me criticar — um sujeito que acaba de largar a mulher! Por que não fez, então, como Guilherme, que continua firme no seminário, estudando para padre! Eu sei por quê: porque o Guilherme é frio. Frio, não: feminino, até.

EDMUNDO — Eu também sou frio.

JONAS (*enraivecido*) — Frio, eu sei! (*explodindo*) Fale comigo! Fale diretamente a mim, seja homem! (*mudando de tom, diretamente para Edmundo*) Você é como eu — pensa em mulher, dia e noite. Um dia há de matar alguém por causa de mulher!

EDMUNDO — Penso NUMA MULHER, o que é muito diferente! Numa só!

JONAS *(exultante)* — Confessou — pensa NUMA MULHER. *(apaixonadamente)* Tanto faz pensar NUMA, como em todas!

EDMUNDO — É outra coisa. *(com ódio)* Eu não ando atrás de vagabundas do mato, que, ainda por cima, devem ter doença, o diabo! *(gravemente)* Só tenho e só tive um amor!

JONAS *(sardônico)* — Não é sua esposa? Ou é?

EDMUNDO — Não.

D. SENHORINHA *(fascinada)* — Então, quem?

JONAS — Diga!

EDMUNDO *(baixando a cabeça, com toda seriedade)* — Não digo. *(para d. Senhorinha, olhando-a bem nos olhos, baixando a voz)* Talvez você saiba um dia!

JONAS *(violento)* — Você não me engana. Você sempre teve ódio de mim — desde criança. Você sempre quis, sempre desejou minha morte. Um dia, você vai-me matar, talvez

	quando eu estiver dormindo. Mas vou tomar as minhas providências!
TIA RUTE	— Quem é ele para te matar, Jonas?
JONAS	— Vou avisar a todo mundo que se um dia eu aparecer morto, já sabe: não foi acidente, não foi doença — FOI MEU FILHO QUE ME MATOU. *(sem transição quase)* Mas você tem medo de mim — medo e ódio. Porém o medo é maior. *(com perigosa doçura)* Não é, Edmundo, o medo não é maior?

(Edmundo parece fascinado.)

JONAS	— Vem cá, um instante.
D. SENHORINHA	*(em pânico)* — Vá, Edmundo! Sou eu que estou pedindo!
EDMUNDO	*(parado)* — Isso, não! Nunca!
JONAS	— Venha tomar a bênção, Edmundo! *(com hedionda doçura)* do seu pai!
D. SENHORINHA	*(impressionada com a humilhação do filho)* — Mas se você não quer, meu filho, não vá... Eu também

não posso pedir que você se humilhe... Edmundo, não vá!

(Edmundo luta contra a própria fraqueza; ainda assim, aproxima-se, como se viesse do pai uma força maior.)

EDMUNDO *(sem se dirigir diretamente ao pai)* — Quando eu era menino, ele me humilhava, me batia... Uma vez eu fiquei ajoelhado em cima de milho... *(com desespero)* Mas agora, não sou mais criança...

(Lentamente, aproxima-se do pai.)

D. SENHORINHA *(histérica, com as duas mãos tapando os ouvidos)* — ACABEM COM ISSO!

JONAS — Vem ou não vem?

D. SENHORINHA *(histérica)* — Não, Edmundo, não!

EDMUNDO — Por que fazem meninos tomar a bênção do pai?... Meninos só deviam tomar a bênção materna... A mão da mulher é outra coisa...

Sua menos, não tem cabelo, nem veias tão grossas.

(Como que inteiramente dominado, Edmundo curva-se rapidamente e beija a mão paterna.)

EDMUNDO — Beijei a mão de meu pai em cima de suor.

FIM DO PRIMEIRO ATO

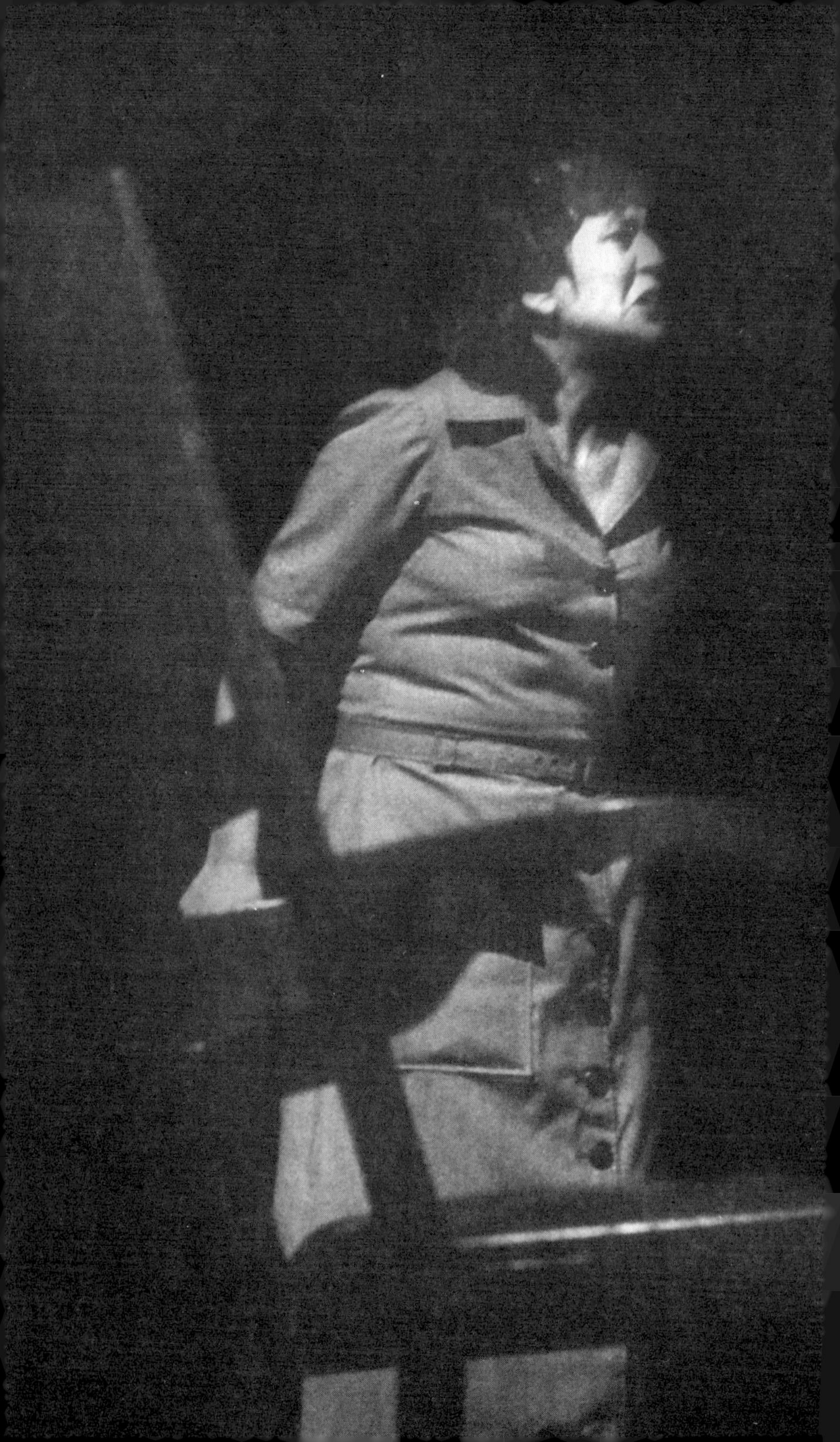

SEGUNDO ATO

(Terceira página do álbum. Retrato de Glória, na primeira comunhão. De joelhos, mãos postas etc. O fotógrafo dá à adolescente uma ideia da pose mística que deve fazer; para isso, ajoelha, junta as mãos, revira os olhos. Depois do que, levanta-se e contempla o resultado de suas indicações. Já ia tirar a fotografia, quando bate na testa, lembrando-se do livrinho de missa e do rosário; entrega um e outro à menina, que se põe na atitude definitiva. D. Senhorinha está presente, mas não entra no retrato; apenas acompanha a filha.)

SPEAKER — Menina e moça, como muito bem diz o autor quinhentista,[6]

---

[6] "Menina e moça, como muito bem diz o autor quinhentista": menção à novela *Menina e moça*, de autoria do escritor português Bernardim Ribeiro (1500-1552). Nela Ribeiro narra os amores infelizes

Glória recebeu uma esmerada educação. A inocência resplandece na sua fisionomia angelical. Mãe e filha se completam.

(Desfaz-se a pose. Mãe e filha se abraçam, com extremo carinho.)

SPEAKER — Mãe é sempre mãe.

(D. Senhorinha paga o fotógrafo, o qual faz um amplo gesto de gratidão eterna. D. Senhorinha afasta-se.)

SPEAKER — Se Senhorinha é uma mãe extremosa, Glória é uma filha obediente e respeitadora.

(Apaga-se a cena do álbum. Sala da fazenda. Ninguém no palco. A mulher grávida recomeça a gemer.)

MULHER GRÁVIDA *(com a voz rouca pelos berros anteriores)* — Me acudam, que eu não posso mais!... Ai,

---

de dois jovens. Dava nome, no Brasil, a uma célebre coleção de romances, contos e novelas dedicados ao público jovem e feminino, a *Coleção Menina e Moça*.

Virgem Santíssima, minha santa Teresinha!... Desta vez, eu vou!... Ahn!

(Entram Edmundo e d. Senhorinha; parecem chegar de um passeio.)

EDMUNDO	— Você suporta tanta coisa — deve haver um motivo, um motivo qualquer, que eu não conheço!
D. SENHORINHA	*(dolorosa)* — Motivo nenhum.
EDMUNDO	— Seria tudo melhor se em cada família alguém matasse o pai!
D. SENHORINHA	— Você queria que eu fizesse o quê?
EDMUNDO	*(apaixonadamente)* — Por que não se matou?
D. SENHORINHA	*(patética)* — Ainda está em tempo. *(mudando de tom)* Quer que eu me mate?
EDMUNDO	*(com medo)* — Não!
D. SENHORINHA	*(meiga e triste)* — Viu? Você parece que fala sem refletir!
EDMUNDO	*(obcecado)* — Se você morresse, não sei! Não quero que você morra, nunca! *(mudando de tom)* Não posso imaginar você morta!

	(passa a mão no rosto materno) Prefiro você viva, mesmo que um dia entre para a casa da Mariazinha Bexiga!
D. SENHORINHA	— Que loucura!
EDMUNDO	*(doloroso, para si mesmo)* — Às vezes, eu penso, fico imaginando você entre as mulheres da Mariazinha Bexiga! Sem um dente na frente! Bebendo cerveja!

(Entra Jonas. No rosto a habitual expressão de crueldade.)

JONAS	*(aproximando-se de Edmundo)* — Você ainda não explicou por que se separou de Heloísa.
EDMUNDO	*(com súbita vergonha)* — Nosso gênio não combinava.
JONAS	*(afastando-se e como para si mesmo)* — Só não compreendo Guilherme... Não pode ser frio — é filho de MINHA CARNE!
D. SENHORINHA	*(num transporte)* — Guilherme era tão... *(não sabe o que dizer)* Desde menino, não saía da igreja...
JONAS	— Tem que ser como eu!

D. SENHORINHA (*doce*) — Sempre com livrinho de missa!

JONAS — É impossível que não tenha desejo!

D. SENHORINHA (*feliz*) — Ele adorava estampa de anjo!

JONAS (*exultante*) — Mas eu sei o que vai acontecer — APOSTO! Guilherme ainda vai aparecer aqui, vai dizer: "Larguei o seminário!"

(*Entra Guilherme, em tempo de ouvir as últimas palavras do pai.*)

GUILHERME — Larguei o seminário...

JONAS (*espantado*) — Ele! (*pausa; possesso, para todo mundo*) Eu não disse? Eu acabava de dizer... (*ofegante*) Deus confirmou as minhas palavras... (*apontando para o quadro de Jesus*) Foi Deus! Deus, sim. Deus!

(*Encaminha-se para Guilherme.*)

JONAS (*segurando Guilherme pela gola do paletó*) — Eu sei para que você deixou o seminário; por que desistiu de ser padre...

(Para os outros, exultante.)

JONAS — Sei, sim!... Foi para ter liberdade — para dar em cima dalguma prostituta!...

D. SENHORINHA *(num lamento)* — Deus castiga, Guilherme! Deus castiga!

JONAS — Quem é ela?

GUILHERME *(sombrio)* — Não quero, não me interessa nenhuma prostituta!

JONAS *(enche o palco com a sua voz)* — Mentiroso! E eu que sentia um certo respeito por você! Que até me sentia incomodado na sua presença! PORQUE ACHAVA VOCÊ O ÚNICO PURO DA FAMÍLIA!

GUILHERME — E Glória?

JONAS *(retificando, rápido)* — Quer dizer, o único puro dos homens. *(para os outros)* Eu até não disse que ele era FRIO? Foi, não foi?

(Guilherme, com as mãos entrelaçadas nas costas, parece não sentir a presença dos demais.)

JONAS — *(como para si mesmo)* — Eu gosto de mulher novinha, novinha, *(riso nervoso)* e vocês — ninguém — sabe POR QUÊ! *(para Guilherme, agressivo)* E seu gosto — qual é? *(mudando de tom)* Você agora é como eu, como aquele ali *(indica Edmundo)*, que deixou a mulher...

(Aproxima-se de d. Senhorinha. Esta fica de perfil para ele.)

JONAS — ...como essa aqui!

EDMUNDO — Não meta minha mãe no meio!

D. SENHORINHA — *(sardônica)* — Como Glória, também!

JONAS — *(desorientado)* — Glória não! Glória é a única — compreendeu? —, a ÚNICA que escapou! Glória é um anjo de estampa!

D. SENHORINHA — *(irônica)* — Sei lá!

JONAS — *(para Guilherme)* — Que não te aconteça como a Nonô, que ficou maluco. Na certa, foi de pensar demais em mulher! Agora lambe a terra, ama a terra com um amor obsceno... de cama! *(enérgico, cara a cara com o filho)* Só te quero avisar uma coisa: Menina, não! Nem mulher muito novinha — compreendeu? Nunca!

(A mulher grávida torna a gemer.)

JONAS	— Esse cretino do médico que não vem!
GUILHERME	— Essa é das tuas, hem?
EDMUNDO	*(doloroso)* — Mamãe tinha-me dito que não!
JONAS	*(rápido, para Edmundo)* — Eu te deixei ficar aqui porque me tomaste a bênção... Mas não se meta, porque expulso outra vez!

(Novo gemido da mulher grávida.)

D. SENHORINHA	*(explodindo)* — Coisa horrível!
JONAS	*(agitado)* — Também tu!
D. SENHORINHA	*(sem perceber a interrupção)* — Não tem bacia!... bacia de criança!...

JONAS	*(inquieto, com possível remorso)* — Se não fosse eu, seria outro!
D. SENHORINHA	— Tão estreita!
JONAS	— E eu com isso? Tenho culpa que não tenha bacia?

(Guilherme vai até a porta do quarto da mulher grávida e fala de lá.)

GUILHERME	— O que eu devia fazer, eu sei: o que eu fiz daquela vez, com a muda!... *(numa alegria hedionda)* Você se lembra, pai — da MUDA?
JONAS	*(com certo medo)* — Sei lá do que você está falando?
GUILHERME	— Sabe, sim. Aquela que não falava, meio idiota — estrábica!... *(com alegria selvagem)* Ah, é mesmo — ESTRÁBICA!

(Tia Rute passa, levando uma bacia grande para o quarto da mulher grávida; olha um momento para a cena. Deixa a bacia lá e volta interessada.)

GUILHERME	— Todo mundo respeitava a muda... Ninguém mexia com ela...

JONAS	*(com medo do filho)* — Nem eu!
GUILHERME	*(violento)* — Você, sim... Nem a muda você perdoou...
JONAS	*(para os outros, como se defendendo)* — Mas por acaso muda não é mulher? Só por causa de um defeito?
GUILHERME	— Depois, ela pegou gravidez. Durante as dores, veio-se arrastando — QUERIA TER O FILHO AQUI... — Eu encontrei ela no meio do caminho.

(Todos na sala parecem fascinados com a narração de Guilherme. Este baixa a voz, com uma expressão de sofrimento.)

GUILHERME	— Quando me viu, ela parece que adivinhou — teve medo de mim. *(Guilherme muda de tom, implacável)* Ainda quis fugir — mas eu, então, pisei o ventre dela, dei pontapés nos rins!...

(Guilherme fala numa espécie de embriaguez. Interrompe-se, cansado e espantado.)

JONAS	*(com sofrimento)* — Assassino!

GUILHERME — Não faz mal!

(Guilherme olha para o quadro de Jesus. Fala, subitamente grave e viril.)

GUILHERME — Deus é testemunha de que não me arrependo! *(com ferocidade)* Eu devia fazer a mesma coisa com essa que está aí!
JONAS *(obcecado)* — ASSASSINO!
GUILHERME — São umas cachorras!

(Gemido da mulher grávida e fala.)

MULHER GRÁVIDA — Vou morrer!... Minha Nossa Senhora — vou morrer!

(Tia Rute tinha ido ao quarto da mulher; volta.)

D. SENHORINHA — E as dores?
TIA RUTE — Aumentando.
D. SENHORINHA — Vou ver o que é.

(D. Senhorinha vai ao quarto da mulher.)

JONAS	*(sombrio)* — Meus filhos querem-me criticar! Se soubessem o motivo que eu tenho — um grande MOTIVO — para fazer o que faço — ...e coisas piores!
D. SENHORINHA	*(aparecendo)* — Rute, vem cá um instante.
TIA RUTE	— Depois.
D. SENHORINHA	— Edmundo, quer-me ajudar aqui?

(Edmundo sai.)

GUILHERME	*(para Jonas)* — Acabou? Ou tem mais alguma coisa que dizer?
JONAS	— Acabei, sim! Agora vou-me embora... De santos da tua marca, estou até aqui — ATÉ AQUI! Adeus!

(Quer-se afastar, meio trôpego, quando recebe a intimação do filho.)

GUILHERME	— Adeus coisa nenhuma! Não sai!
TIA RUTE	— Quem é você para dar ordens a seu pai?

GUILHERME	— Quem vai sair daqui, já, já, é você!
JONAS	*(espantado)* — Mas o que é que ela fez?
TIA RUTE	*(num lamento)* — Eu não fiz nada — nada, nada!
GUILHERME	— Você é a alma danada aqui de dentro. *(mais agressivo)* Não discuta: SAIA!

(D. Senhorinha aparece e aproxima-se.)

TIA RUTE	*(recuando, com medo)* — Só se ele quiser, se ele mandar!
GUILHERME	*(segurando-a pelos pulsos)* — Ou prefere ir arrastada?
D. SENHORINHA	*(intervindo)* — Vá, Rute, vá!

(Tia Rute desprende-se violentamente.)

TIA RUTE	*(para d. Senhorinha)* — Quem lhe pediu opinião?
D. SENHORINHA	— Rute, lembre-se de mamãe...
TIA RUTE	*(agressiva)* — Mamãe o quê... *(mudando de tom)* Eu prometi, jurei à mamãe... *(cínica)* Mas o que

é que tem? Ela não gostou nunca de mim. Tudo era você, você! Tinha uma admiração indecente pela sua beleza. Ia assistir a você tomar banho, enxugava as suas costas! Quero que você me diga: POR QUE É QUE ELA NUNCA SE LEMBROU DE ASSISTIR AOS MEUS BANHOS?

D. SENHORINHA — *(chocadíssima)* — Você não está regulando bem!

TIA RUTE — *(num crescendo)* — Ela, papai, todo mundo!... Ninguém gostou de mim, nunca!... Uma vez em Belo Horizonte, eu saí com você...

(Guilherme, rápido, torce o pulso de tia Rute, que assim fica de costas para ele.)

GUILHERME — — Cale essa boca!

TIA RUTE — *(apesar da dor)* —...uma porção de sujeitos sopravam coisas no seu ouvido — às vezes cada imoralidade! Mas a mim nunca houve um preto, no meio da rua, que me dissesse ISSO ASSIM!...

Você está me quebrando o braço, ahn!

(Guilherme solta a velha.)

TIA RUTE — *(possessa)* — Quer dizer, toda mulher tem um homem que a deseja, nem que seja um crioulo, um crioulo suado, MENOS EU!

D. SENHORINHA — *(saindo)* — E eu tenho a culpa? Se você não é mais bonita, eu é que sou culpada?

TIA RUTE — — Desde menina, tive inveja de sua beleza. *(em tom de acusação)* Mas ser bonita assim é até imoralidade, porque nenhum homem se aproxima de você, sem pensar em você PARA OUTRAS COISAS!

(Tia Rute para, cobre o rosto com uma das mãos.)

GUILHERME — *(irônico)* — Pode continuar!
JONAS — *(num grito)* — Basta!
GUILHERME — — Pode continuar, porque depois vai sair daqui, para não voltar nunca mais!

TIA RUTE	*(meio histérica)* — Vocês me põem para fora?
GUILHERME	— Pois é!
TIA RUTE	— Mas eu não tenho para onde ir!... não tenho parente, nada!... Querem que eu morra de fome?
GUILHERME	— Tanto faz.
TIA RUTE	*(num crescendo)* — Vocês não podem fazer isso comigo. *(grita)* EU CONHEÇO SEGREDOS DA FAMÍLIA! Sei por que Guilherme e Edmundo voltaram — SEI! Sei por que Nonô enlouqueceu — por que mandaram Glória para o colégio interno!...

(Agarra-se a Jonas, que está impassível.)

TIA RUTE	— Jonas, não deixe, não consinta!
JONAS	— Se você falar de Glória, eu faço com você — assim, assim! Você é feia demais!
TIA RUTE	*(espantada)* — Todos estão contra mim. *(baixando a voz)* Contra mim e contra você, Jonas. Você vai deixar, Jonas?

(Segura-o desesperadamente pelos ombros, sem que ele reaja.)

TIA RUTE — Ao menos, fale! Fale!

JONAS — Não desejo você! *(muda de tom)* Nunca suportei as mulheres que não desejo... POR ISSO DETESTEI SEMPRE MINHA MÃE E MINHAS IRMÃS... *(com sofrimento e a maior dignidade possível)* Não sei, não compreendo que um homem possa tolerar a própria mãe, a não ser que...

(Virando-se, rápido, para tia Rute, sem dissimular seu rancor.)

JONAS — Se você não fosse como é! Assim tão desagradável — com espinhas na testa! Pior do que feia — UMA MULHER QUE NÃO SE DESEJA EM HIPÓTESE NENHUMA!

(Tia Rute abraça-se ignobilmente às pernas de Jonas.)

TIA RUTE — E eu tenho culpa — tenho?

JONAS *(cruel)* — A própria muda, com todo o estrabismo, eu quis!

TIA RUTE — Você uma vez também me quis!

JONAS	*(implacável)*	— Eu estava bêbado, completamente bêbado!
TIA RUTE	*(recuando)*	— Eu sei o que vocês querem — que eu me mate! que eu me atire na lagoinha. *(histérica)* Mas se eu morrer, vou lançar uma maldição para vocês todos, para toda a família!

(Aparece d. Senhorinha, quase histérica, também.)

D. SENHORINHA — Rute! Ou você vem-me ajudar, ou largo tudo, e deixo a mulher morrer!

(D. Senhorinha volta rapidamente, e tia Rute, como uma sonâmbula, vai atrás.)

JONAS *(numa espécie de remorso retardado)* — Nem tem conta as meninas que ela me arranjou! *(iluminando-se)* e VIRGENS!

(Jonas levanta-se e apanha num móvel um pequeno chicote, grosso e trançado. Bate com o chicote nos móveis.)

JONAS — *(como um pai à antiga)* — Quando um filho se revoltava contra meu pai, ele usava ISTO! Uma vez eu gritei com ele — ele, então, me deu com esse negócio. Me pegou aqui — deixou na cara um vasto lanho, ROXO!

GUILHERME — *(lacônico)* — Glória foi expulsa do colégio!

JONAS — *(assombrado)* — Glória foi o quê? Expulsa? Você está louco!

GUILHERME — *(com absoluta dor)* — EXPULSA!

JONAS — *(tonto)* — Mas... que foi que ela fez? Que foi?

GUILHERME — *(frio, apenas informativo)* — Anteontem, me chamaram no colégio... Então, o padre me disse que Glória e uma menina lá...

JONAS — *(exaltadíssimo)* — Deixe de insinuações! Diga tudo claramente!

GUILHERME — *(sem se alterar)* — Ela e a menina mantinham correspondência... Descobriram uma porção de bilhetinhos...

JONAS — *(sem entender)* — Bilhetinhos?...

GUILHERME — Andavam sempre juntas... E trasanteontem, a irmã viu as duas conversando, fora de hora, no dormitório... Ouviu a conversa toda! Falavam em morrer juntas e no fim...

JONAS — No fim o que é que tem?

GUILHERME — ...se BEIJARAM NA BOCA!

JONAS *(depois de um suspense, triunfante)* — Então, já sei o que eles CONCLUÍRAM! Eles e VOCÊ também! *(terrível)* Mas como são indecentes — TODOS, uns indecentes!

GUILHERME — Não podia haver dúvida — a coisa estava CLARA!

JONAS *(agitado)* — Não compreendem a inocência! São uns cachorros muito ordinários!

GUILHERME *(outra vez informativo)* — O padre disse, então, que estava positivado o GÊNERO DE AMIZADE... Que assim não era possível... Que a solução era EXPULSAR AS DUAS!

JONAS — Por que não quebrou a cara dum?

GUILHERME   *(sempre frio)* — Trouxe um bilhetinho que eu roubei.

(Tira o bilhetinho do bolso.)

GUILHERME   *(lendo)* — Diz coisas assim: "Glória, meu amor: foi tão bom ontem! Nem dormi, pensando! Sei que AQUILO é pecado, mas não faz mal etc." Como termina: "Daquela que te amará até morrer e que nunca te trairá — Teresa."

JONAS   *(como uma fera)* — É sempre assim! Aliás, o que fizeram com Joana D'Arc!

GUILHERME   — Agora o seguinte: eu vim na frente, Glória chega a qualquer momento, hoje ou amanhã, não sei. Eu queria combinar justamente uma coisa. ELA NÃO VEM PARA AQUI!

JONAS   — Não vem para aqui — como?... por quê?

GUILHERME   *(veemente)* — Porque esta casa é indigna — PORQUE VOCÊ NÃO PODE TER CONTATO NEM COM SUA PRÓPRIA FILHA!

(exaltadíssimo) Você mancha, você emporcalha tudo — a casa, os móveis, as paredes, tudo!

JONAS — E você? É melhor do que eu? Você, meu filho? Tão sensual como eu!

GUILHERME *(triunfante)* — Fui! Eu fui sensual como você — era. Mas agora não sou mais — nunca mais!

JONAS — Que nunca mais o quê! A GENTE NASCE ASSIM; MORRE ASSIM!

GUILHERME — Se você soubesse o que eu fiz! *(muda de tom)* Escuta, pai, quando fui para o seminário, era como você e como toda a família; quase não dormia lá. Acabava fugindo, não aguentava mais.

(Tia Rute sai do quarto com umas coisas; aproxima-se dos dois.)

TIA RUTE — Vocês vão-se morder, vão-se estraçalhar uns aos outros, por causa de mulher. *(vai até à porta)* Edmundo está lá, não sai de lá —

deslumbrado com o espetáculo. Vocês são todos uns...

(Sai e volta depois para o quarto da menina grávida.)

GUILHERME *(como se não tivesse sido interrompido)* — Uma noite, no seminário, fazia um calor horrível. Então fiz um ferimento — mutilante —, o sangue ensopou os lençóis.

JONAS *(sem compreender imediatamente)* — Ferimento como?

GUILHERME *(abstrato)* — Depois desse ACIDENTE VOLUNTÁRIO, eu sou outro, como se não pertencesse à nossa família. *(mudando totalmente de tom)* Glória não pode viver nesta casa!

JONAS *(desorientado)* — SUA MÃE TOMA CONTA!

GUILHERME — Nem minha mãe! É UMA MULHER CASADA, CONHECE O AMOR — NÃO É PURA. Não serve para Glória — só eu, depois do ACIDENTE!

JONAS	— Mas Glória é tudo para mim! É a única coisa que eu tenho na vida!
GUILHERME	*(sem ouvi-lo)* — Fazes bem em humilhar mamãe. Ela precisa EXPIAR, porque desejou o amor, casou-se. E a mulher que amou uma vez — marido ou não — não deveria sair nunca do quarto. Deveria ficar lá, como num túmulo. Fosse ou não casada. Adeus!

(Aparece d. Senhorinha na porta do quarto da mulher grávida.)

D. SENHORINHA	— Ela vai morrer, Jonas — estreita demais!

(Apaga-se o palco central. Ilumina-se mais uma cena do estúdio fotográfico. Senhorinha e tia Rute, numa pose falsa como as anteriores, artificialíssima. Desta vez, não intervém o fotógrafo. Comentários sempre idiotas do speaker.)

SPEAKER	— Senhorinha não é apenas *doublée* de esposa e mãe; é irmã, também, extremosa, como as que mais o sejam. Durante a

doença de Rute, ela permaneceu na cabeceira da enferma, como um esforçado anjo tutelar. Nem dormia! Nós vivemos numa época utilitária, em que afeições assim, singelas e puras, só se encontram alhures. Por sua vez, Rute, que é a mais velha das duas, não fica atrás. São resultados da educação patriarcal!

(Desfaz-se a pose das duas; apaga-se o palco. Ilumina-se uma nova cena: interior da igrejinha local. Altar todo enfeitado. Retrato imenso de Nosso Senhor, inteiramente desproporcionado — que vai do teto ao chão. NOTA IMPORTANTE: em vez do rosto do Senhor, o que se vê é o rosto cruel e bestial de Jonas. É evidente que o quadro, assim grande, corresponde às condições psicológicas de Glória, que vem entrando com Guilherme. Primeira providência de Glória: olhar para a falsa fisionomia de Jesus. Caiu uma tempestade. Glória está ensopada, e Guilherme também.)
(Glória é uma adolescente linda.)

GLÓRIA   *(com surpresa e certo medo)* — "Quedê" papai? Você não disse que ele estava esperando — aqui?

GUILHERME	— Vem já! Não demora!

(Glória está diante do quadro, deslumbrada. Ajoelha-se e reza. Durante a reza, Guilherme, com a mão, esboça uma carícia sobre a cabeça da irmã, mas desiste em tempo.)

GUILHERME	— Você custou!
GLÓRIA	*(com frio, sem ligar à observação)* — Com quem é que se parece ELE?
GUILHERME	*(perturbado)* — Precisa tirar essa roupa — olha como está! Senão se resfria!
GLÓRIA	— Igualzinho!
GUILHERME	— No ano passado, por causa de uma chuva dessas, morreu aquela menina de pneumonia... *(mudando de tom)* Olha — tem um lugar aqui! aqui detrás!

(Guilherme está ao lado do altar.)

GLÓRIA	*(sempre impressionada com o falso Cristo)* — Nunca vi uma coisa assim! Que semelhança! *(continua com frio, os braços cruzados sobre o peito)*

GUILHERME (*chamando-a com angústia*) — Vem, anda! Aqui detrás do altar — é oco! Você tira a roupa, deixa enxugar — depois veste!

GLÓRIA (*só então compreendendo o que deseja o irmão*) — Aí? (*com um arrepio*) Mas pode entrar gente!

GUILHERME — Que o quê! Com esse tempo!

GLÓRIA — Mas demora muito a enxugar!

GUILHERME (*agitado*) — O que você não pode é ficar assim — molhada. DEPOIS VOCÊ VAI-ME DANDO A ROUPA, EU TORÇO. NUM INSTANTE SECA!

GLÓRIA (*entrando no oco do altar*) — Estou com uns arrepios!

GUILHERME — No mínimo, resfriou-se.

GLÓRIA — E papai que não chega!

GUILHERME — Daqui a pouco está aí!

GLÓRIA — Essa igrejinha me faz lembrar tanta coisa!

GUILHERME — Glória, você precisa saber de CERTAS COISAS...

GLÓRIA (*sem ouvi-lo*) — Mas você não nota nada — NADA?

GUILHERME	— O quê?
GLÓRIA	— Olha bem para esse quadro... Não nota nada — não acha parecido?
GUILHERME	— Como parecido?
GLÓRIA	— Não é o mesmo rosto de papai, a mesma expressão, DIREITINHO?
GUILHERME	*(depois de uma pausa)* — Vai passando a roupa para eu torcer.

(Vê-se que Guilherme está possuído de uma grande agitação.)

GLÓRIA	— Não precisa!
GUILHERME	— Por quê? É uma coisa — TÃO NATURAL!
GLÓRIA	— Deixa — eu mesma torço!
GUILHERME	— Então, está bem... *(baixando a voz)* Mas não tinha nada de mais. Eu não sou como ELES.
GLÓRIA	— Não ouvi direito. Que foi?
GUILHERME	*(voz baixa, para que Glória não possa ouvi-lo)* — Se ELES vissem o seu braço, de fora, só o braço — NU — estendendo uma peça de roupa — iam-se impressionar. Sobretudo o pai!

GLÓRIA	— Fale mais alto!
GUILHERME	*(ainda baixo)* — Mas eu sou diferente. *(elevando a voz)* Glória, eu posso estar aqui — sozinho com você. Mesmo que eu fosse o único homem e você a única mulher no mundo.
GLÓRIA	— Que é que há, Guilherme?
GUILHERME	*(doloroso)* — Sofri um ACIDENTE.
GLÓRIA	— Você sabe que eu estou notando uma diferença em você?
GUILHERME	— Estou mais gordo... Me arredondando... *(olha com asco as próprias mãos)* Suo tanto nas mãos!

(Glória sai do oco do altar. Com o vestido todo amarrotado.)

GUILHERME	*(com despeito)* — Mas você não enxugou nada!
GLÓRIA	— O vestido!
GUILHERME	*(angustiado)* — Mas só?... Você devia enxugar tudo... Tirar e enxugar direito... Assim, vai-se resfriar, no mínimo!

GLÓRIA	— E papai?
GUILHERME	— Como foi AQUILO?... Com aquela menina?
GLÓRIA	*(dolorosa)* — Com Teresa?
GUILHERME	— Por que é que você fez... AQUILO?
GLÓRIA	*(com angústia)* — Eu não fiz nada!
GUILHERME	*(suplicante)* — Me conta... TUDO! Não quero que você tenha vergonha de mim — NENHUMA.

(Segura as duas mãos de Glória. Parece um sátiro.[7])

GUILHERME	— Olha meu coração — como bate!
GLÓRIA	— Para que falar nisso?
GUILHERME	*(fremente de cólera)* — Conta!
GLÓRIA	*(chorando)* — Se você soubesse a força que eu tenho feito para não

---

[7] "Sátiro": expressão muito encontrada no teatro de Nelson Rodrigues para caracterizar um homem que age com segundas intenções de natureza sexual. Também se encontra "fauno" ou "faunesco". Derivam estas expressões de divindades silvestres da antiga Grécia, representadas com chifres e patas de bode ou cabrito, e corpo peludo. Eram associadas à festa e à fertilidade. Os sátiros, em geral, são representados como crianças ou adolescentes, e os faunos, como adultos.

pensar NISSO! *(com veemência)* Eu tenho certeza, absoluta, que ela vai-se matar!

GUILHERME *(baixando a voz)* — Me diz — vocês faziam aquilo — INOCENTEMENTE?

GLÓRIA *(como se falasse consigo mesma)* — Ela me pediu por tudo para nós morrermos juntas. Queria que eu me atirasse com ela entre um vagão e outro. *(doce e transportada)* Depois o trem passava por cima da gente...

GUILHERME *(espantado)* — Deus não quer isso!

GLÓRIA *(como que falando para si mesma)* — Ficou sentida — tão sentida! — porque eu contei que...

GUILHERME *(desesperado)* — Contou o quê?

GLÓRIA — ...que toda vez que a gente se beijava, eu fechava os olhos e via direitinho a fisionomia de papai. Mas direitinho como está ali.

(Indica o falso quadro de Jesus.)

GLÓRIA — *(com sofrimento)* — Ela ficou! Deixou de falar comigo. Vai morrer com raiva de mim — tenho certeza.

(Ouve-se um grito, qualquer coisa de desumano, um grito de besta ferida, dentro da tempestade.)

GLÓRIA — Você ouviu?

GUILHERME — Não tem importância — é Nonô!

(Uma gargalhada soluçante, bem próximo da igrejinha.)

GLÓRIA — *(numa espécie de frio)* — Tão triste um parente louco! Talvez seja melhor a pessoa morrer.

GUILHERME — Ele está feliz com a chuva. Gosta da chuva — se esfrega nas poças de água...

(Sem transição, rosto a rosto com a irmã, nova expressão de sátiro.)

GUILHERME — Você sabe que ele vive no mato — DESPIDO?

GLÓRIA	— Teresa me disse que o corpo do homem é uma coisa horrível!
GUILHERME	— E é.
GLÓRIA	— Ela não sabe como há mulheres que gostam!

(Nova gargalhada de Nonô.)

GUILHERME	— A irmã me disse que, uma vez, vocês...
GLÓRIA	*(cortando)* — Se você soubesse a inocência com que a gente fazia aquilo! *(fremente de cólera)* Agora vem a irmã dizer que... *(tapa o rosto com uma das mãos)* Ela estava de ponta com a gente! Só gostava de menina chaleira![8] *(com sofrimento)* Se não fosse papai, se não precisasse ver papai — eu a essa hora estaria debaixo do trem. Juro que estava — dou a minha palavra de honra!
GUILHERME	— Glória, temos que fugir daqui, depressa.

---

[8] "Chaleira": aduladora, puxa-saco.

GLÓRIA (*recuando*) — Mas o que é que houve? Você está escondendo o quê?

GUILHERME (*apaixonadamente*) — Fugir para bem longe! Tenho pensado tanto! Nada de casa, de parede, de quarto. Mas chão de terra! E não faz mal que chova!

(Muda de tom; parece falar para si mesmo.)

GUILHERME — Mesmo no amor! Quarto, não, nem cama! Terra, chão de terra!

(Muda de tom; para Glória.)

GUILHERME — Nós somos diferentes dos outros. Deixa eu olhar para você.

GLÓRIA (*querendo-se evadir*) — Papai que não vem!

GUILHERME — Que é que tem papai? NUM LUGAR DECENTE, PAPAI ESTARIA NUMA JAULA. Papai até já matou gente!

GLÓRIA — Mentira sua!

GUILHERME	— Matou, sim. Matou... uma mulher que havia aí — MUDA — estrábica!
GLÓRIA	— Não acredito!
GUILHERME	*(rindo como um demônio)* — Ela apanhou gravidez! Na época de ter filho, veio-se arrastando, gemendo... Papai, então, pisou o ventre da mulher. *(exultante)* Pisou a criança, mulher, tudo!
GLÓRIA	*(encostada no altar)* — Continue inventando, continue!
GUILHERME	*(cruel)* — A bota de papai ficou toda suja de sangue. Ele teve que mandar limpar com benzina — um pano ensopado em benzina, mas a mancha não queria sair!
GLÓRIA	*(feroz, acusadora)* — Já sei o que você é: tão maldoso como a irmã! Põe malícia em tudo!
GUILHERME	*(arquejante)* — O que ele faz com mamãe...
GLÓRIA	— Nunca notei nada! Papai sempre tratou mamãe direito...!

GUILHERME — *(rápido e irônico)* — Na sua frente!... Se comporta mais ou menos, quando você está na fazenda... Você é ainda a única pessoa que ele respeita, tem uma certa consideração. Mas os outros! Faz as coisas mais sujas na frente de todo mundo. Parece que precisa se exibir! Mamãe tem visto cada uma!

GLÓRIA — *(dolorosa)* — Vocês estão sempre do lado de mamãe — mas eu, NÃO!

GUILHERME — — Dou a minha palavra de honra!

GLÓRIA — — Eu nunca disse a ninguém, sempre escondi, mas agora vou dizer: não gosto de mamãe. Não está em mim — ela é má, sinto que ela é capaz de matar uma pessoa. Sempre tive medo de ficar sozinha com ela! Medo de que ela me matasse!

GUILHERME — — Papai é pior!

GLÓRIA — *(transportada)* — Papai, não. Quando eu era menina, não gostava de estudar catecismo...

Só comecei a gostar — me lembro perfeitamente — quando vi, pela primeira vez, um retrato de Nosso Senhor... Aquele que está ali, só que menor — claro! *(desfigurada pela emoção)* Fiquei tão impressionada com a SEMELHANÇA!

GUILHERME — Onde é que você viu semelhança?

GLÓRIA *(fechada no seu êxtase)* — Colecionava estampas... O dia mais feliz da minha vida foi quando fiz a primeira comunhão — até tirei retrato!

GUILHERME *(rindo bestialmente)* — Se a irmã soubesse!... Se visse você falando assim... IA VER QUE O CASO DA MENINA NÃO TINHA A MENOR IMPORTÂNCIA junto desse!

GLÓRIA *(desesperada)* — É uma coisa tão pura, tão bonita, o que eu sinto por papai, que a irmã nunca compreenderia. Nem você, nem mamãe, nem ninguém!

GUILHERME *(bestial)* — Tem certeza?

GLÓRIA *(caindo em si, mudando de tom)* — Não, não tenho certeza. Mas pode ser o que for, não faz mal. Não me interessa nem a opinião dos outros, nem a minha própria!

GUILHERME — Eu tenho que salvar você — DE QUALQUER MANEIRA!

GLÓRIA — E mesmo que tudo seja verdade... Que papai tenha pisado a mulher... Que faça isso ou aquilo com mamãe... Que seja o demônio em pessoa. *(declina sua exaltação; doce, outra vez)* Mesmo assim, eu gosto dele, adoro!

GUILHERME *(doloroso)* — Só de uma coisa você não sabe!

GLÓRIA — Onde está papai?

GUILHERME — Você sabe por que eu fui ser padre? Por que resolvi renunciar ao mundo?

GLÓRIA *(recuando)* — Não interessa!

GUILHERME *(enérgico)* — POR SUA CAUSA!

GLÓRIA *(baixando a voz)* — Mentira!

GUILHERME *(selvagem)* — Por sua causa, sim! *(como um sátiro)* Você era garota naquele tempo... Mas eu não podia ver você, só pensava em você... *(patético)* Não aguentava, não podia mais!

GLÓRIA *(com medo)* — Agora estou vendo por que é que você me mandou entrar ali... POR QUE QUIS QUE EU SECASSE A ROUPA E DESSE DEPOIS PARA VOCÊ ESPREMER...

GUILHERME *(espantado)* — Não foi por isso — juro!

(Gargalhada de Nonô, bem próxima.)

GLÓRIA *(com rancor)* — Pensa que eu não notei a expressão do seu rosto. OS SEUS OLHOS, quando você disse que Nonô andava por aí — DESPIDO?

GUILHERME *(apavorado)* — Juro! Você diz isso porque não sabe que tive um ACIDENTE... *(baixa a voz)* voluntário! Já não sou como antes...

GLÓRIA   *(chorando)* — Que ódio, meu Deus!

GUILHERME   — Não quero que ele te veja! Vem comigo! Eu te levo para um lugar bonito — LINDO!

(Guilherme avança para Glória, que recua quase até o altar.)

GUILHERME   — Ou, então, se você quiser, nós podemos fazer aquilo que tua amiga queria, a gente se atira entre dois vagões, ABRAÇADOS!

GLÓRIA   — Papai não tem nenhum cabelo no peito, nenhum!

GUILHERME   — Pela última vez — QUERES VIR COMIGO? Vem, sim, vem!

GLÓRIA   — Não.

GUILHERME   — Você não será dele, NUNCA!

(Puxa o revólver e atira duas vezes. Glória cai de joelhos, com as duas mãos amparando o ventre.)

GLÓRIA   *(contorcendo-se de dor)* — Quando eu era menina... pensava que mamãe podia morrer... Ou, então, que papai podia fugir comigo... *(revira-se)* QUE DOR AQUI!

(Glória morre.)

FIM DO SEGUNDO ATO

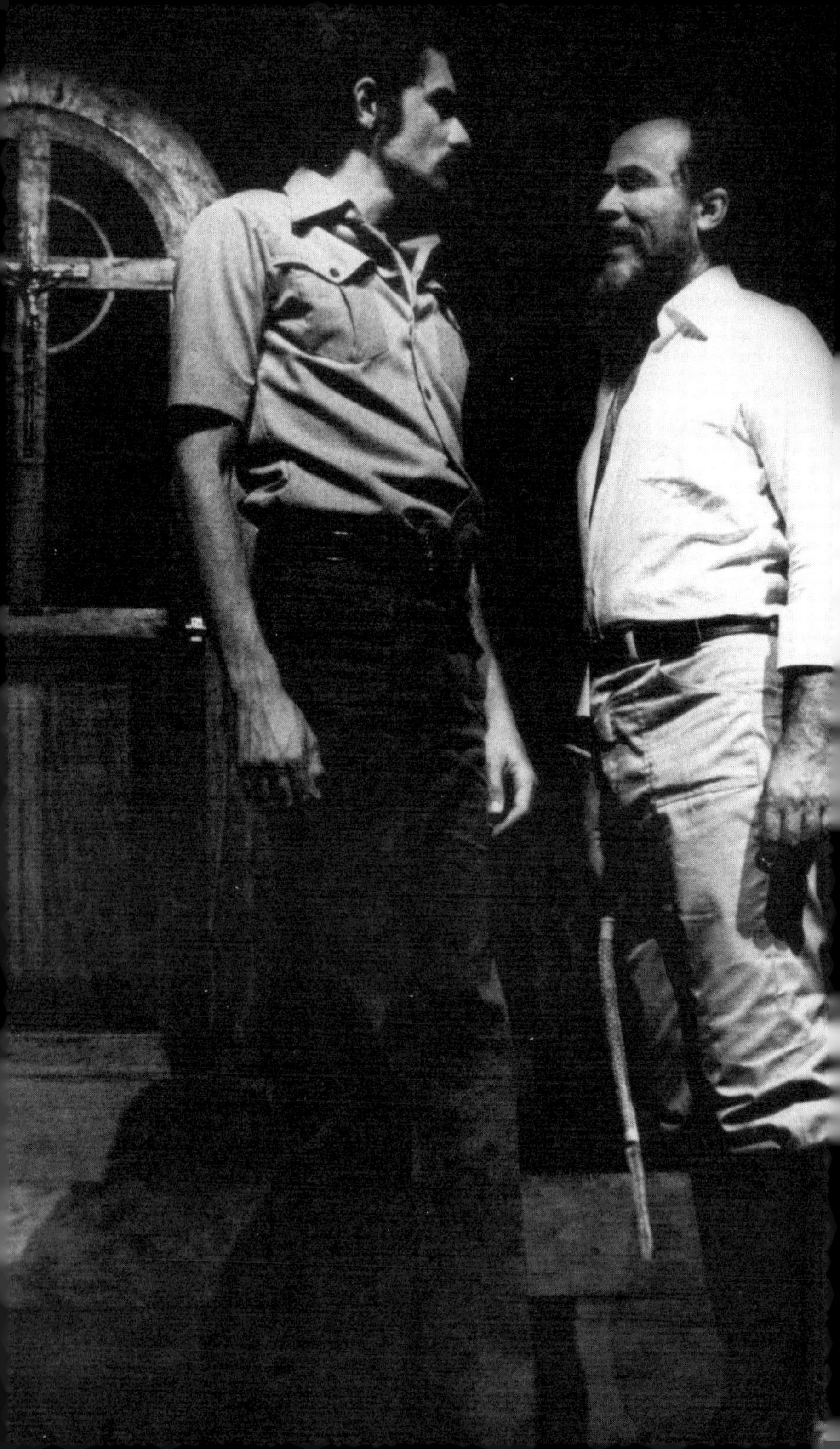

TERCEIRO ATO

(Começa o 3º ato com mais uma página do álbum, justamente a quinta. Nonô é um menino taciturno, excepcionalmente desenvolvido. D. Senhorinha, formosa e decorativa como sempre. Piruetas do fotógrafo em torno de Nonô, que demonstra hostilidade para com o conceituado profissional. Discreto pânico do fotógrafo. Nonô lembra Lon Chaney Jr.[9])

SPEAKER — Quinta fotografia do álbum. Nonô tinha apenas 13 anos na ocasião, mas aparentava muito mais. Tão desenvolvido para a idade! Por uma dolorosa coincidência, este retrato foi tirado na véspera do dia em que

---

[9] Lon Chaney Jr. (1906-1973): ator de cinema que ficou conhecido por suas atuações em filmes de terror, com um olhar desvairado.

o rapaz enlouqueceu. Um ladrão entrou no quarto de Senhorinha, de madrugada, e, devido ao natural abalo, Nonô ficou com o juízo obliterado. Que diferença entre um filho assim e os nossos rapazes de praia que só sabem jogar voleibol de areia. Pobre Nonô! Hoje a ciência evoluiu muito e quem sabe se ele seria caso para umas aplicações de cardiazol,[10] choques elétricos e outros que tais?

(Ilumina-se a sala da fazenda. Jonas está só em cena. Vai a um móvel, apanha um revólver numa gaveta, examina o tambor e guarda a arma no bolso. A mulher grávida grita.)

JONAS *(para si mesmo)* — Eu sabia que, mais cedo ou mais tarde... *(com sofrimento)* Mas ele pensa o que de mim?

---

[10] Cardiazol: injeção na veia à base de cânfora, estimuladora do coração e de efeito muito rápido. Antes da adoção dos choques elétricos nos hospitais — o que no Brasil aconteceu em 1938 —, era usada para deixar os pacientes psiquiátricos num estado de calma ou prostração.

(D. Senhorinha aparece, com certo medo e um ar de cansaço físico. Passa as costas das mãos na testa para enxugar o suor. Ouve as palavras de Jonas e enche-se de espanto; aproxima-se.)

D. SENHORINHA	*(procurando esconder o próprio sobressalto)* — Que foi?
JONAS	*(saturado)* — Aquele sujeito... Mas ele vai ver!
D. SENHORINHA	— Estou com mau pressentimento!...

(Ouve-se um novo grito da mulher grávida. D. Senhorinha fica fora de si. Vira-se na direção do quarto; e, outra vez, para o marido.)

D. SENHORINHA	— Ela está morrendo, Jonas!
JONAS	*(com um pouco de medo também)* — Você também exagera!
D. SENHORINHA	*(cedendo mais ao desespero)* — Desta vez é. *(mudando de tom)* Ela não podia ser mãe — de modo algum. Não tem bacia — quase não tem bacia.
JONAS	*(olhando na direção do quarto)* — Como é que com você nunca houve nada?

Álbum de família

D. SENHORINHA	*(com espécie de vaidade)* — Graças a Deus sempre fui feliz nos meus partos...
JONAS	*(agitado)* — Pois é!
D. SENHORINHA	*(transportando-se ao passado)* — ...muitas rasgam, levam pontos. Eu, nunca!

(Novo grito.)

D. SENHORINHA	*(para si mesma, com orgulho, acariciando o próprio ventre)* — O médico disse que as minhas medidas eram formidáveis... Que eu tinha bacia ótima...
MULHER GRÁVIDA	— ..."Seu" Jonas... Chamem "seu" Jonas...
JONAS	*(com espanto e medo)* — Deve haver um jeito. Aqui a coisa mais fácil do mundo é ter filhos... Há gente que, em pé, trabalhando — TEM! Quase ninguém morre de parto!
D. SENHORINHA	— Caso de cesariana!
JONAS	*(com irritação)* — Mania de cesariana!

(Jonas, mudando de tom, encarando a mulher.)

JONAS — Quer saber de uma coisa? Eu acho que você está desejando a morte da pequena.

D. SENHORINHA — Quem sabe?

JONAS *(calcando bem as palavras, numa vontade patética)* — Mas eu não quero que ela morra — NÃO QUERO!

(Jonas muda de tom: doce e triste.)

JONAS — Verdadeira menina — ossuda aqui, *(indica o quadril)* sem desejo absolutamente nenhum; apenas curiosa...

(Edmundo deixa o quarto da mulher, que recomeça a gemer e a chamar Jonas.)

MULHER *(já com dispneia[11])* — "Seu" Jonas... "seu" Jonas!

(Jonas, numa decisão súbita, encaminha-se para o quarto.)

---

[11] Dispneia: respiração difícil, rápida e curta.

JONAS	*(simulando bom humor)* — Que é que há, Totinha?
TOTINHA	*(com dispneia)* — Eu acho que desta vez, "seu" Jonas — VOU...
JONAS	*(tentando sempre o bom humor)* — Que o quê, Totinha! Vai, não!
TOTINHA	*(num rancor de agonizante)* — Eu não tinha precisão de estar aqui... *(para, sufocada)* ...sofrendo...
JONAS	— Não diga isso!
TOTINHA	— ...mas o culpado é o senhor!
JONAS	— Assim, você piora!
TOTINHA	*(num esforço supremo para articular uma frase completa)* — "Seu" Jonas, escreva, DEUS HÁ DE LHE CASTIGAR!

(Jonas, com o pé ou coisa que o valha, fecha violentamente a porta. D. Senhorinha e Edmundo estavam virados para o quarto, atentos ao diálogo.)

D. SENHORINHA	*(numa súbita crise de desespero)* — Eu não aguento mais, Edmundo! não posso!
EDMUNDO	*(apaixonadamente, indicando o quarto)* — Quando eu estava lá,

me lembrei que você também já passou por aquilo. *(baixa a voz)* Tive a impressão de que não era Totinha, mas você quem estava lá com as dores!

D. SENHORINHA *(depois de um silêncio)* — Um dia, não sei! Ah, se eu não fosse religiosa! Se eu não acreditasse em Deus. *(parando diante do filho)* Há coisas que eu penso, que eu tenho vontade, mas não sei se teria coragem!

(D. Senhorinha exprime o maior desespero.)

D. SENHORINHA — Eu preciso fazer uma coisa — será que posso?

(Os dois olham-se, mudos, espantados, com uma espécie de medo. Têm um sobressalto, porque tia Rute acaba de deixar o quarto, batendo a porta com violência. Tia Rute passa por eles, com uma expressão fechada, de rancor.)

TIA RUTE *(passando por eles)* — Trancou-se.

(Tia Rute passa e desaparece.)

D. SENHORINHA	— Será possível, meu Deus?
EDMUNDO	— E a senhora aguenta!
D. SENHORINHA	*(apertando o rosto do filho entre suas duas mãos)* — Tenho medo, Edmundo — que você seja também assim.
EDMUNDO	— Assim, como?
D. SENHORINHA	*(hesitante, procurando palavras)* — Quer dizer, viva mudando, a toda hora, a todo instante, de mulher!
EDMUNDO	*(numa queixa de namorado)* — Faz esse juízo de mim?
D. SENHORINHA	*(vaga)* — Tenho visto tanta coisa!
EDMUNDO	*(veemente)* — Eu sou o homem de uma só mulher! Até hoje, só gostei de uma mulher!

(D. Senhorinha apoia-se, com verdadeira ânsia, nas palavras do filho.)

D. SENHORINHA	— Jura?
EDMUNDO	— Claro!
D. SENHORINHA	*(mergulhando o rosto entre as mãos)* — Ah, se eu pudesse acreditar!
EDMUNDO	— Jurei, não jurei?

D. SENHORINHA	— E essa mulher — quem é?
EDMUNDO	*(veemente)* — Quer que eu diga?
D. SENHORINHA	*(depois de uma hesitação)* — Quero.
EDMUNDO	*(respondendo com outra pergunta)* — E adianta?
D. SENHORINHA	— Então, não diga!
EDMUNDO	*(veemente)* — Mas sabe, não sabe?
D. SENHORINHA	*(como para si mesma, mas numa doçura incrível)* — Imagino! *(muda de tom)* desconfio, sempre desconfiei, mas talvez me engane!...

(D. Senhorinha, num impulso inesperado, pega outra vez o rosto do filho, olha-o apaixonadamente. Com uma cólera brusca.)

D. SENHORINHA	— Não interessa!
EDMUNDO	— Duvido!
D. SENHORINHA	*(dolorosa e obcecada, apertando entre as duas mãos o próprio rosto)* — Você deve ser como ele!

(Olha na direção do quarto da mulher grávida.)

EDMUNDO	*(lento)* — E você?

D. SENHORINHA	*(no medo instintivo da pergunta que pode vir)* — Eu o quê?
EDMUNDO	— Gosta de alguém?
D. SENHORINHA	*(fechando-se)* — Sou casada!
EDMUNDO	— Isso é resposta?
D. SENHORINHA	— Não sei, não sei! *(mudando de tom, passando a outro estado psicológico)* Isso aqui agora vai ficar pior — Glória vem aí... *(num lamento)* Ela nunca me tolerou, Edmundo, nunca! *(num terceiro tom)* Quando nasceu e disseram — MENINA — eu tive o pressentimento de que ia ser minha inimiga. *(com angústia)* Acertei!
EDMUNDO	— Glória não tem importância!
D. SENHORINHA	*(incompreendida)* — Isso é o que você pensa!
EDMUNDO	— Ele, sim. *(aponta para o quarto)*
D. SENHORINHA	— Os dois!
EDMUNDO	— Mamãe, acabava havendo uma desgraça aqui. Não posso nem olhar esse homem. Às vezes, eu penso que havia uma solução!

D. SENHORINHA	*(em pânico)* — Você está querendo o quê, Edmundo?
EDMUNDO	*(como se falasse para si mesmo)* — Não é de hoje — desde menino! Uma vez, eu me lembro — foi depois do almoço. Tinha visitas. Ele falou com você qualquer coisa baixo...
D. SENHORINHA	*(sem compreender)* — Quando?

(Edmundo como que vivendo da memória.)

EDMUNDO	*(sem ligar à interrupção)* — ...falou qualquer coisa. Depois se levantou — foi na frente, você acompanhou. *(com sofrimento)* Apesar de eu ser garoto, compreendi. Se soubesse a raiva que eu tive, a vontade!...
D. SENHORINHA	*(cobrindo o rosto com uma das mãos)* — Que coisa, meu Deus!
EDMUNDO	— Me lembro que ainda não tinham servido a sobremesa. *(com veemência)* Foi na frente de todo mundo, porque o desejo dele não espera!

(Começa a tempestade lá fora.)

D. SENHORINHA *(doce e enigmática)* — Um dia, eu vou-lhe contar uma coisa... Então, nesse dia!... É um segredo da minha vida. *(lenta, intencional)* UMA COISA ÍNTIMA!

EDMUNDO — Então, conte, já, agora!

D. SENHORINHA *(em nova atitude, fazendo abstração do filho)* — O que eu tenho passado, aqui, nesta casa, com este homem!

EDMUNDO *(olha para o quarto)* — Então, não estou vendo?

D. SENHORINHA *(para si mesma)* — Outro dia, só porque eu disse — RESERVADO — uma coisa tão natural, não é? — ele me obrigou a dizer a outra palavra, que eu acho tão feia! Na frente de uma porção de gente!

EDMUNDO — Mãe, você tem que sair daqui!

D. SENHORINHA — Ah, se fosse possível!

EDMUNDO — Precisa deixar esse homem! *(tomando entre as suas as mãos maternas)* A gente podia ir para um lugar onde não tivesse nenhum conhecido. Tem lugar assim!

D. SENHORINHA — Ele iria atrás! Não por amor, mas por maldade.

EDMUNDO *(lento, num tom especial)* — Só se a gente, se eu...

(Os dois se olham; d. Senhorinha parece compreender.)

D. SENHORINHA *(dominada pelo medo)* — Não, Edmundo! Assim não quero!

EDMUNDO — Talvez fosse ESSE o único meio!

D. SENHORINHA *(dominada pelos nervos)* — Você tem que me jurar que nunca, nunca, tentará... ISSO! *(mudando de tom, como se, apesar de tudo, a ideia a fascinasse)* Ou, se fizer, pela frente, não! ele pode-se defender! *(tomando entre as suas as mãos do filho)* Pelas costas — está ouvindo?

(Ela mesma, a contragosto, se apaixona pela ideia; desenvolve uma espécie de projeto do crime.)

D. SENHORINHA — Pelas costas e tem que ser um meio muito seguro — que ele não possa reagir. Por exemplo: QUANDO ELE ESTIVER DORMINDO...

(Para, cansada. Continua, cheia de fascinação pelo crime.)

D. SENHORINHA — Dormindo, seria fácil. Ele não poderia se defender! Não teria nem tempo de gritar!

(Próximo, ouve-se o grito desumano de Nonô.)

D. SENHORINHA *(mudando de tom)* — Nonô, outra vez! *(dolorosa, como a mais desgraçada das mulheres)* Viu, Edmundo — não posso —, não posso fugir com você!

EDMUNDO *(suplicante)* — Pode, sim! Vamos!

D. SENHORINHA — Nunca terei coragem de deixar Nonô! Impossível! *(mudando de tom, como que enamorada)* Não imagina como ele fica, sempre que me vê, de longe! É uma coisa!

EDMUNDO — Você vê muito Nonô? Olha para ele?

D. SENHORINHA *(fechando os olhos, sem perceber a angústia do filho)* — Às vezes, quando saio. Ou, então, da janela!

EDMUNDO *(com rancor)* — Eu não queria que você visse, que olhasse para ele!

D. SENHORINHA	*(sem compreender)* — É meu filho!
EDMUNDO	*(com sofrimento)* — Ele anda sem nada... *(faz um gesto significando despojamento de roupa)* E ele tem um corpo que impressiona até um homem — quanto mais uma mulher!
D. SENHORINHA	*(abstrata)* — Eu gosto que seja assim — BONITO! queimado do sol! *(com certa ferocidade)* Perdeu o juízo — mas a beleza do físico ninguém lhe tira. Nasceu com ele!
EDMUNDO	— Você gosta mais de Nonô do que de mim!
D. SENHORINHA	*(sem ouvi-lo)* — Não posso abandonar Nonô! Não está em mim!
EDMUNDO	*(mudando de tom, apaixonadamente)* — Mãe, às vezes eu sinto como se o mundo estivesse vazio e ninguém mais existisse, a não ser nós, quer dizer, você, papai, eu e meus irmãos. Como se a nossa família fosse a única e primeira. *(numa espécie de histeria)* Então, o amor e o ódio teriam de nascer entre nós. *(caindo*

em si) Mas não, não! *(mudando de tom)* — Eu acho que o homem não devia sair nunca do útero materno. Devia ficar lá, toda a vida, encolhidinho, de cabeça para baixo, ou para cima, de nádega, não sei.

(Ajoelha-se aos pés de d. Senhorinha.)

D. SENHORINHA	*(com medo)* — Não, Edmundo, não!
EDMUNDO	— O céu, não depois da morte; o céu, antes do nascimento — foi teu útero...

(Sempre de joelhos, Edmundo encosta o rosto — de perfil para a plateia — na altura do útero materno.)

(Edmundo levanta-se. A porta do quarto abre-se e vem saindo Jonas, ao mesmo tempo que se ouve a voz da mulher grávida, em maldições. DETALHE IMPORTANTE: Jonas vem apertando o cinto e só termina esta operação quando chega junto da esposa.)

MULHER GRÁVIDA	*(na voz grossa de sempre)* — Miserável... Tu me paga...

(Jonas vem com uma expressão de maldade. Para, querendo ouvir a maldição da mulher.)

MULHER GRÁVIDA	*(com dispneia)* — Tu é ruim...
D. SENHORINHA	— Viu?
MULHER GRÁVIDA	— Vou-te rogar tanta praga!
D. SENHORINHA	*(para Jonas)* — Que foi?
JONAS	— Variando!
MULHER GRÁVIDA	— Tu e tua família!...
JONAS	*(com rancor)* — Disse que eu tinha uma filha; que minha filha havia de pegar barriga... *(mudando de atitude, selvagem)* Então, eu dei na boca, assim... *(indica as costas da mão)*

(Passa tia Rute, hirta, a caminho do quarto. Entra.)

JONAS	*(saturado)* — Que morra!
TIA RUTE	*(aparecendo, excitada)* — Está toda torta, torcida, com ataque!
D. SENHORINHA	*(lacônica)* — Eclampsia![12]

---

[12] Eclampsia: nome dado a uma convulsão que contorce e paralisa todo o corpo da pessoa afetada, inclusive o rosto, que fica repuxado como num sorriso forçado. É característica de estados de grande fraqueza física e é muito grave.

JONAS	*(sintético)* — Liquidada!
D. SENHORINHA	— Vou ver!

(D. Senhorinha quer ir, mas Edmundo se insurge.)

EDMUNDO	— Não vá! Não quero!
JONAS	— Não vai por quê?
EDMUNDO	*(histérico, sem ouvir Jonas, dirigindo-se a d. Senhorinha)* — Por que é que ELE não vai?

(Edmundo enfrenta o pai.)

EDMUNDO	— Você, sim, senhor! Foi você o causador. *(em tom especial, cara a cara com o pai, exprimindo um duplo sentimento de ódio e dor)* E, ainda por cima, a menina nas últimas. *(baixa a voz, com espanto)* Você foi capaz!
JONAS	*(sombrio)* — Vá, Senhorinha, vá!
EDMUNDO	*(quase histérico)* — Se ela for, é porque não tem mesmo vergonha!

(D. Senhorinha está diante do marido, acovardada.)

D. SENHORINHA	*(baixando a voz)* — Vou, sim, Jonas!
EDMUNDO	*(para a mãe)* — Se for, eu não falo mais com você, nunca mais!

(D. Senhorinha para.)

EDMUNDO	*(surdamente)* — Um homem que vive depravando meninas... Ao passo que mamãe é uma SANTA!

(Jonas inicia um riso bestial.)

JONAS	— SANTA!

(Cara a cara com d. Senhorinha; riso em crescendo.)

JONAS	*(apontando para d. Senhorinha)* — Te chamou de santa!

(Jonas corta o riso; selvagem, dirigindo-se a d. Senhorinha.)

JONAS	— Você é uma santa? Diga; eu quero que diga: é?
EDMUNDO	*(suplicante)* — Responda, mãe! Diga: Sou!
D. SENHORINHA	*(baixando a cabeça, com uma espécie de frio)* — Sou!

(Jonas agarra d. Senhorinha.)

D. SENHORINHA *(dominada pelo marido)* — Não!

JONAS *(exultante)* — Agora conte o que houve... *(mudando bruscamente de tom, quase doce)* Seu filho precisa saber!

EDMUNDO *(desorientado)* — Não se deixe dominar por esse homem, REAJA!

JONAS *(doce como um demônio)* — Conte que, naquele dia — NAQUELA NOITE... *(sempre doce)* conte!

(D. Senhorinha não responde nada.)

JONAS *(falando pela mulher)* — Eu tinha ido a Três Corações — cheguei de surpresa... Vi um vulto saindo do nosso quarto... Ainda corri, atirei, mas ele fugiu. Entrei no quarto, você confessou. Só não queria dizer quem era. Dei em você, bati...

D. SENHORINHA — Bateu!

JONAS — Só no dia seguinte me disse quem era. *(para o filho, mudando de tom)* Imagine quem?

EDMUNDO — *(com medo)* — Não sei...

JONAS — — Teotônio!

EDMUNDO — *(com absoluto espanto)* — O jornalista?

JONAS — — O jornalista! O redator-chefe do *Arauto de Golgonhas*!... O sujeito que tinha uma corcunda que diziam que era artificial... *(Jonas dominado pela dor)* Se fosse outro, mas logo esse! Esse eu não queria!

D. SENHORINHA — — Você nunca me teve amor!

JONAS — *(exaltado)* — Tive, sim. Até aquela noite; depois não. Amor ou coisa parecida!

D. SENHORINHA — — Edmundo, ele me obrigou a chamar Teotônio no dia seguinte *(com profundo espanto)* e o matou dentro do meu quarto! Como se fosse um cachorro!

JONAS — — Matei.

D. SENHORINHA — — Depois, começou o meu inferno. *(para Edmundo)* Todo dia, na frente de outras pessoas, seu pai batia nas minhas cadeiras — dizia — FÊMEA!

EDMUNDO — Eu fazia o mesmo!

JONAS — Mas nem isso — nem FÊMEA você era... ou foi... comigo. Nem você, nem nenhuma mulher que eu conheci. *(para si mesmo, numa insatisfação louca)* Todas me deixam mais nervoso do que antes — doente, doente, querendo mais não sei o quê. *(numa afirmação histérica)* Nem FÊMEAS as mulheres são!

(Jonas dirige-se a Edmundo.)

JONAS — O que mais me admira é que ela sempre foi FRIA! Nunca teve uma reação, nada. Parecia morta!

D. SENHORINHA *(numa espécie de histeria, para o filho)* — Está ouvindo — o que ele disse? Que eu era FRIA!

(Edmundo está impassível.)

D. SENHORINHA *(triunfante)* — Era essa a confidência — a COISA ÍNTIMA que eu ia lhe contar, meu filho, fui sempre FRIA!

JONAS	*(sardônico)* — Posso ou não trazer mulheres para aqui?
EDMUNDO	— Mãe, diga que tudo é mentira!
D. SENHORINHA	— Não posso desmentir. É tudo verdade!
EDMUNDO	— Negue, pelo amor de Deus!
D. SENHORINHA	*(erguendo a cabeça, muito digna)* — Tive um amante!

(Edmundo tem um gesto inesperado: curva-se rápido e beija a mão paterna.)

JONAS	— Amor de fato, eu tenho um. Mas nesse ninguém toca...

(Os dois olham, com espanto, para todos os gestos de Jonas.)

JONAS	*(antes de sair)* — Vou sair — para matar um homem.

(Abandona a sala, com absoluta dignidade. NOTA IMPORTANTE: ouvem-se dois tiros ao longe. Aparece tia Rute com alguma excitação.)

TIA RUTE	— Uma vela — ela está morrendo!

(Os dois parecem não ter escutado, absorvidos pelos próprios sentimentos.)

TIA RUTE — *(sem entender o alheamento dos dois)* — Uma vela — para ela segurar!

(Edmundo e d. Senhorinha não respondem. Tia Rute recua, olhando para a irmã e o sobrinho, com uma expressão de espanto.)

D. SENHORINHA — *(sardônica, rosto a rosto com o filho)* — Para que aquele fingimento?

EDMUNDO — *(despertando)* — Qual?

D. SENHORINHA — *(cruel)* — De tomar a bênção do seu pai?

EDMUNDO — *(por sua vez, sardônico)* — Você acha?

D. SENHORINHA — *(frívola)* — E não foi?

EDMUNDO — *(com violência)* — Não!

D. SENHORINHA — *(no mesmo tom de afirmação)* — Foi, sim! *(rosto a rosto com o filho)* Entre você e ele *(lenta, calcando as palavras)* não há nada — não pode haver nada! *(violenta)* Só ÓDIO!

EDMUNDO	— Não passa de uma fêmea!
D. SENHORINHA	— Então, por que você deixou tudo — esposa — e veio para cá?
EDMUNDO	— Vou voltar para Heloísa!
D. SENHORINHA	*(desafiando)* — Quero ver!
EDMUNDO	*(lacônico)* — Fêmea.
D. SENHORINHA	*(mudando de tom)* — Quer dizer que você não deu valor àquilo que ele disse?

(Pausa, enquanto os dois se olham, como estranhos.)

D. SENHORINHA	*(baixando a voz)* — Que eu sempre tinha sido fria?
EDMUNDO	*(na sua obsessão)* — FÊMEA!

(Tia Rute aparece; aproxima-se.)

TIA RUTE	*(fúnebre e lacônica)* — Morreu. *(pausa)* Nem coroou.

(D. Senhorinha, então muito digna e formosa, vai a um móvel, apanha uma vela e encaminha-se para o quarto da que morreu.)

Álbum de família

TIA RUTE *(sem mover um dedo)* — Agora vela não adianta.

(D. Senhorinha parece não ouvir nada; continua o seu caminho. Ficam sós, tia Rute e Edmundo.)

TIA RUTE *(sem um gesto)* — Vou sair daqui, não sei para onde. Vou andar, andar, até cair. Mas antes quero dizer a você uma coisa...

(Tia Rute aproxima-se ainda mais de Edmundo.)

TIA RUTE — Ouvi tudo. Agora uma coisa que você não sabe: desde aquela noite — portanto há sete anos — Jonas nunca mais tocou nela.

EDMUNDO — Que importa?

TIA RUTE — Ela espera você — está certa que você vai. PODE IR.

(Edmundo, como se não tivesse vontade própria, obedece. Tia Rute fica olhando, com uma expressão de triunfo. A porta do quarto se fecha lentamente. Então, a luz se apaga sobre o final do primeiro quadro do 3º ato.)

(Sexta página do álbum. Jonas numa pose, taciturno, como se estivesse morto por dentro. O fotógrafo faz o diabo para conseguir uma atitude condigna. Mas Jonas parece pétreo. O fotógrafo está justamente indignado na sua consciência artístico-profissional. Finalmente, baterá a chapa de qualquer maneira.)

SPEAKER — Sexta página do álbum. Último retrato de Jonas, datado de julho de 1924. Na véspera, ele havia passado um telegrama ao então presidente Artur Bernardes, tachando de reprovável e impatriótica a revolução de São Paulo. Nada lhe entibiava o civismo congênito. Dois dias depois, a sorte madrasta arrebatava três filhos deste Varão de Plutarco. Não resistindo ao doloroso golpe, Jonas enforcou-se numa bandeira de porta. Outros pretendem que foi a própria mulher quem o matou. A maledicência lavrou infrene. É um pessoal que não tem mesmo o que fazer. Justamente se cogitava da eleição de Jonas para o Senado

Federal na seguinte Legislatura.
Orai pelo eterno repouso de sua
alma!

(Apaga-se o espaço destinado ao álbum de família. Ilumina-se a igrejinha da fazenda. O quadro de Jesus que, aos olhos de Glória, era tão grande, ficou reduzido às suas verdadeiras proporções. Dois esquifes em cena: um deles com o corpo de Edmundo; o outro com o cadáver de Glória. Círios acesos. D. Senhorinha está só, velando o filho. Muito linda na sua tristeza severa, no seu luto fechado. Depois de alguns momentos, entra Heloísa, a esposa de Edmundo. Veste luto fechado, também. D. Senhorinha, encerrada na sua dor, parece não sentir que há mais alguém na igrejinha.)

HELOÍSA *(depois de se ajoelhar diante do esquife de Edmundo e de uma breve oração; fala com uma espécie de medo)* — Agora mesmo, teve na estação um desastre horrível: um homem caiu entre dois vagões...

(D. Senhorinha permanece imóvel e calada, como se estivesse a mil léguas dali.)

HELOÍSA *(depois de vencer uma espécie de repugnância, beija rapidamente o rosto de Edmundo; parece arrependida do que fez)* — Por que me mandou chamar?

(D. Senhorinha continua impassível, não responde.)

HELOÍSA — *(depois de uma vacilação)* — Por mim, ele podia ter morrido quantas vezes quisesses!

(Heloísa parece espantar-se com as próprias palavras.)

HELOÍSA — *(cobrindo o rosto com uma das mãos)* — Não sei mais o que digo, meu Deus do céu!

D. SENHORINHA — *(com a maior economia possível de gestos; voz ligeiramente rouca)* — Edmundo morreu!

HELOÍSA — *(virando-se, rápida e agressiva)* — E eu tenho alguma coisa com isso — tenho?

D. SENHORINHA — *(como se falasse para si mesma)* — Matou-se, na minha frente.

HELOÍSA — — Era um estranho, um desconhecido para mim — sempre foi. Só vim porque minha família quis, pediu...

(Continua, num tom de confidência.)

HELOÍSA	— Papai disse que ficava feio — que podiam reparar.
D. SENHORINHA	*(animando-se, patética)* — Aqui ninguém repara nada. Isso aqui é o fim do mundo!
HELOÍSA	*(aproximando-se de d. Senhorinha, num tom de mistério e de provocação)* — E quer saber de uma coisa que Edmundo tinha-me dito?
D. SENHORINHA	*(fechando-se)* — Não quero saber de nada!
HELOÍSA	*(numa espécie de triunfo)* — Ah, está com medo?
D. SENHORINHA	*(como se aceitasse um desafio)* — Medo de quê? Medo nenhum!

(Heloísa e d. Senhorinha, face a face.)

HELOÍSA	— Ele me contou — TUDO!
D. SENHORINHA	*(rápida e desperta)* — Duvido!
HELOÍSA	*(irônica)* — Mas eu nem disse o que era!
D. SENHORINHA	— Ah, pensei!...

HELOÍSA	*(resoluta)* — Pois me contou que tinha-se casado comigo... *(interrompe-se)*
D. SENHORINHA	*(com secreto medo)* — Que mais?
HELOÍSA	— ...tinha-se casado comigo para fugir de uma mulher, uma fulana aí.
D. SENHORINHA	*(meio insegura)* — Continue inventando.
HELOÍSA	— Precisava esquecer essa fulana. Achou que talvez comigo...
D. SENHORINHA	*(fingindo a maior serenidade possível)* — Disse quem era?
HELOÍSA	*(sardônica)* — É isso que interessa a você — o nome?
D. SENHORINHA	*(com irritação)* — Mas disse ou não disse?
HELOÍSA	*(torturando)* — Propriamente não disse, mas...
D. SENHORINHA	*(com violência)* — Não sabe de nada! *(acrescenta, com desprezo)* Nem desconfia!
HELOÍSA	*(abstraindo-se)* — Três anos vivemos juntos. *(apaixonadamente)* Três

	anos, e ele nunca — está ouvindo? — tocou em mim...
D. SENHORINHA	*(fascinada)* — Quer dizer que nunca?
HELOÍSA	*(baixando a cabeça, surdamente)* — NUNCA!
D. SENHORINHA	*(aproximando-se da outra, olhando-a bem nos olhos)* — Nem na primeira noite?
HELOÍSA	*(desprendendo-se como uma sonâmbula)* — Quando queria, e me procurava, a lembrança da "outra" IMPEDIA! Então, ele me dizia: "Heloísa, 'Ela' não deixa!" Me lembro que uma vez eu fiz tudo...
D. SENHORINHA	*(perturbada)* — Tudo como?
HELOÍSA	— TUDO o que uma mulher pode fazer, as coisas mais incríveis!
D. SENHORINHA	*(devorada pela curiosidade)* — Fez... então?
HELOÍSA	*(veemente)* — Perdi inteiramente a vergonha, não sei. Também, eu estava! A princípio, ele ficou assim... Mas depois a lembrança da "outra"... Me senti tão

	humilhada — mas tão! Engraçado é que ele achava o meu corpo bonito!
D. SENHORINHA	*(numa febre, sem se poder conter)* — O da "outra" podia ser mais!
HELOÍSA	— Eu perguntei se era. Mas ele me respondeu que não se tratava disso, não era questão de corpo.
D. SENHORINHA	— Corpo influi muito, mas muito!
HELOÍSA	— Me disse que tinha nascido para amar essa mulher, só ela. Que não podia, nem queria desejar outra.
D. SENHORINHA	*(agradecida)* — Disse isso, foi?

(D. Senhorinha tem um impulso inesperado: vai ao esquife do filho, beija o rosto de Edmundo.)

D. SENHORINHA	*(voltando com uma espécie de frio)* — Os cílios dele estão grandes!

(Depois de uma pausa.)

D. SENHORINHA	— Ele tinha uma boca tão bonita, um hálito de moça, bom mesmo, nunca fumou!

HELOÍSA — *(evocativa)* — Uma vez, Edmundo me disse: "Só poderei me realizar sexualmente com essa mulher." Até achei interessante a maneira de dizer: "...realizar sexualmente."

D. SENHORINHA — *(nostálgica)* — Ele tinha uns termos assim!

HELOÍSA — *(exaltando-se progressivamente)* — Uma noite, não pôde mais: me contou o segredo, o nome da mulher, tudo!

D. SENHORINHA — *(exaltando-se também)* — Mentira — isso ele não podia contar! *(vacilante na escolha dos termos)* Era SEGREDO.

HELOÍSA — *(rápida e cruel)* — SEGREDO DE FAMÍLIA!

D. SENHORINHA — *(recuando com medo)* — Não! Não!

HELOÍSA — *(exultante)* — Eu não existia para ele. Edmundo só podia amar e odiar pessoas da própria família. Não sabia amar nem odiar mais ninguém!

D. SENHORINHA — *(selvagem, deixando cair um pouco da máscara)* — Isso eu também sabia.

HELOÍSA — — E então?

D. SENHORINHA	— Mas isso não quer dizer nada!
HELOÍSA	*(categórica)* — Quer dizer tudo!
D. SENHORINHA	— Paciência!
HELOÍSA	— A senhora não acha que essa mulher que Edmundo amava é muito baixa, muito ordinária — ordinaríssima?
D. SENHORINHA	*(irônica)* — Quem sabe?
HELOÍSA	*(mudando de tom)* — Edmundo também me contou que a irmã...

(Indica o caixão de Glória.)

HELOÍSA	— ...aquela ali, achava o pai igualzinho — mas igualzinho a Nosso Senhor!

(Vai, em seguida, ao esquife de Edmundo.)

HELOÍSA	— Calculo que meu marido achasse você *(alongando as palavras)* MUITO PARECIDA COM NOSSA SENHORA!

(D. Senhorinha parece assustada diante da ferocidade de Heloísa.)

D. SENHORINHA	*(taciturna)* — Nunca vi tanto despeito!
HELOÍSA	*(olhando bem a fisionomia de Edmundo)* — Não senti nada a morte de Edmundo. Senti muito mais a morte desse homem, desse desconhecido que caiu debaixo do trem!
D. SENHORINHA	*(severa)* — Não faz mal!
HELOÍSA	*(meio histérica)* — Agora me explique por que você passa o tempo todo aí, com seu filho, e larga sua filha, abandonada assim?

(D. Senhorinha olha na direção do esquife de Glória com uma expressão cruel.)

HELOÍSA	— Diga por quê? *(violentíssima)* — Só porque ele é homem?
D. SENHORINHA	*(fechada)* — Não digo nada!
HELOÍSA	— Seja ao menos hipócrita! Diga que gostava de sua filha! Gostava?
D. SENHORINHA	*(positiva)* — Não! *(com súbita veemência)* Não gostei nunca! Nem ela de mim!
HELOÍSA	— Cínica!

D. SENHORINHA	*(baixando a cabeça)* — Pois sou!
HELOÍSA	— Ao menos, podia mentir.
D. SENHORINHA	*(como se falasse para a filha morta)* — Não gostei, nem quando ela nasceu. Uma vez, há muitos anos, quase afogo Glória na lagoinha. Mas na hora veio gente — faltou pouco!

(D. Senhorinha parece agora dominar a nora.)

D. SENHORINHA	— Estou cansada, farta, de não falar, de esconder há tanto tempo as coisas que eu sinto, que eu penso. Podem dizer o que quiserem. Mas eu dei graças a Deus quando minha filha morreu!...
HELOÍSA	— E toda a família é assim. Esse Nonô, esse doido, anda no mato, nu — como um bicho. Apanha terra, passa na cara, no nariz, na boca!...
D. SENHORINHA	*(dolorosa)* — Tem um corpo lindo!
HELOÍSA	*(desesperada, encaminhando-se para a porta, de frente para*

d. Senhorinha) — Vou-me embora — não aguento mais.

(Chega na porta e de lá fala com o máximo histerismo possível.)

    HELOÍSA — Fique com seu filho — faça bom proveito.

(D. Senhorinha recupera a sua serenidade clássica. Pouco depois, entram quatro homens. Cai a luz; os homens trazem tochas. Vão levar o esquife de Edmundo. São pretos, de grandes pés, e nus da cintura para cima. Calças arregaçadas até o meio das pernas. Funde-se a calma de d. Senhorinha. Ela parece dominada pelo medo e pela impaciência. Comanda os pretos.)

    D. SENHORINHA — Depressa, antes que ele venha!

(Antes de fecharem o caixão, d. Senhorinha beija a testa do filho. Os homens vão levar Edmundo. Esta é uma cena de que se deve tirar o máximo rendimento plástico. Apaga-se a luz quando o esquife sai.)

(Última página do álbum de família: o velho estúdio do conceituado fotógrafo; pose de Edmundo e Heloísa. É evidente

que ambos não conseguem simular um bem-estar normal. Heloísa, fria, dura, como se o marido fosse realmente o último dos desconhecidos. Ele, fechado também, incapaz de um sorriso. Nesse ambiente conjugal é que o erradíssimo fotógrafo tem que trabalhar. O speaker *vai ignorar, de maneira absoluta, o estado psicológico dos jovens esposos. Para ele, Edmundo e Heloísa vivem na mais obtusa felicidade matrimonial.)*

SPEAKER — Sétima página do álbum. Lua de mel de Heloísa e Edmundo. Os divorcistas que se mirem neste espelho: as fisionomias dos nubentes espelham uma felicidade sem jaça. Só o matrimônio perfeito proporciona tão sadia e edificante felicidade. Quando Edmundo faleceu minado por insidiosa enfermidade, Heloísa quase enlouqueceu de dor. Só contraiu novas núpcias três anos depois, aliás com um pastor protestante, batista, que fazia sua oraçãozinha nas refeições.

(Apaga-se a página do álbum. D. Senhorinha diante do caixão de Glória. Não sabe o que fazer. Entra Jonas: expressão de quem perdeu tudo na vida.)

JONAS — Por que está aqui? Fazendo o quê?

D. SENHORINHA — Não sei, não sei. *(mudando de tom, depois de hesitação; mais resoluta)* Estava esperando você.

JONAS *(como se falasse para o cadáver da filha)* — Procurei Guilherme por toda parte. Para matar. Mas não encontrei em lugar nenhum; disseram que tinha tomado o trem.

D. SENHORINHA *(com voz perfeitamente neutra)* — Jonas, não suporto mais você.

JONAS *(sem ouvir a esposa)* — Então, fui para a casa de Mariazinha Bexiga… Ela me arranjou a pior mulher de lá — uma que deve ter até moléstia de pele… *(saturado, aproximando-se da mulher, cara a cara com ela)* Quis ver se esquecia, se parava de pensar, com a mulher mais ordinária possível. *(com ar de louco)* Mas foi inútil! Estou como Guilherme, depois do acidente!

D. SENHORINHA *(serena)* — Não vivo mais com você, Jonas!

JONAS — Nunca mais poderei desejar mulher nenhuma!

D. SENHORINHA *(áspera)* — Você quer-me ouvir ou não?

JONAS *(sem dar atenção a nada)* — Desde que Glória começou a crescer, deu-se uma coisa interessante: quando eu beijava uma mulher, fechava os olhos, via o rosto dela!

D. SENHORINHA *(agressiva)* — Jonas!

JONAS *(despertando)* — Que foi?

D. SENHORINHA *(seca)* — Vou deixar você.

JONAS *(numa compreensão difícil)* — Vai-me deixar? *(violento)* Deixe, ora essa! Quem está lhe impedindo? A você, eu só devo a filha!

D. SENHORINHA *(rápida e terminante)* — E eu a você — os filhos — homens.

(D. Senhorinha parece concentrar-se.)

D. SENHORINHA — Os filhos, homens — Edmundo, Nonô... Menos Guilherme, que aquela ali roubou.

Álbum de família

(D. Senhorinha mete a mão no seio, tira um bilhete.)

D. SENHORINHA — Edmundo me escrevia bilhetes, mas tão bonitos! Esse aqui tem esse pedaço que diz assim — deixa eu ver, ah! — essa parte... "só você existe no mundo. Eu queria tanto voltar a ser o que já fui: um feto no teu útero".

JONAS — Porco!

D. SENHORINHA *(defendendo)* — Linda a comparação — linda! Ele sempre teve queda para escritor.

(Jonas aproxima-se, lento, de d. Senhorinha, que recua com um princípio de medo.)

JONAS — Pela primeira vez, estou notando em você uma coisa.

D. SENHORINHA — Em mim — o quê?

JONAS *(transfigurado em sátiro)* — Senhorinha, você se parece com Glória — lembra! tem uns traços dela — o jeito da boca, uma maneira parecida de olhar...

D. SENHORINHA *(em pânico)* — Não!

JONAS   *(obcecado)* — Tem, sim.

(D. Senhorinha encostou-se no altar; não pode recuar mais.)

JONAS   — Eu não devia ter feito questão de vestir Glória, depois que ela morreu. *(num lamento)* Por que é que eu fiz isso? *(mudando de tom)* Você se parece com Glória...

(Jonas está no auge de sua tensão sexual. Aperta entre as duas mãos o rosto de d. Senhorinha.)

JONAS   — Você e as meninas que Rute arranjava — só meninas, ainda sem desejo. Uma vez, morreu uma de 15 anos; o enterro passou no meio do campo de futebol, o jogo parou... Eu vi essa menina no caixão — era parecida com minha filha. Cada menina tem alguma coisa de Glória, mas é preciso que não seja larga de cadeiras...

(Jonas aperta d. Senhorinha nos braços.)

JONAS	— Quando ela começou a crescer, para mim passou a existir só meninas no mundo. Não mulher: meninas, mas tantas! De 12, 13, 14, 15 anos!

(Quer beijar d. Senhorinha; esta resiste.)

D. SENHORINHA	— Não!
JONAS	— Você é parecida com Glória!
D. SENHORINHA	*(desprendendo-se)* — Eu devo ser sagrada para você — depois que tive um amante!
JONAS	— Não faz mal!
D. SENHORINHA	— E não foi Teotônio!
JONAS	*(atormentado)* — Foi, eu matei Teotônio!
D. SENHORINHA	— Matou à toa. Eu disse que era ele porque não me lembrei de outro nome. E precisava — ouviu? salvar o verdadeiro culpado!
JONAS	— Mentirosa!
D. SENHORINHA	*(caindo em abstração)* — Contei a Edmundo quem tinha sido. Ele, quando soube, me amaldiçoou... *(crispando-se)* Me disse um nome

	pensando que me ofendia, mas eu gostei de ser chamada assim por ele!
JONAS	*(com d. Senhorinha nos braços)* — Glória! Glória!
D. SENHORINHA	*(com sofrimento)* — Ele, então, se matou na minha frente!
JONAS	*(gritando por ela, querendo arrancá-la de sua abstração)* — Senhorinha, eu preciso de uma filha — PRECISO — ouviu?
D. SENHORINHA	— Queres saber o nome do meu amante? O verdadeiro nome?
JONAS	*(obcecado)* — Quero uma filha como Glória!

(Acaricia o corpo da mulher.)

D. SENHORINHA	*(abstrata)* — Eu me senti tão feliz, quando você matou Teotônio. Respirei: Nonô estava salvo! *(doce)* Ele enlouqueceu de felicidade, não aguentou tanta felicidade!
JONAS	*(afirmativo)* — Agora que Glória morreu, que me importa o nome do teu amante?

(Por um momento, diminui a tensão sexual de Jonas. Ele fala com a voz velada e, nesse momento, vive em função de uma lembrança.)

JONAS — Quando acabei de matar Teotônio — olhei para você; e vi que você não era mais nada para mim, coisa nenhuma. Até a nossa cama parecia outra, não a mesma — como se fosse uma cama estranha, desconhecida — INIMIGA! Foi dali que comecei a te odiar, porque não te desejava mais... *(depois de uma pausa, apaixonadamente)* — Mas eu devia ter adivinhado, desde que Glória nasceu, que você não era meu amor!

D. SENHORINHA *(com a mesma paixão)* — Pois eu ADIVINHEI o meu amor, quando nasceram Guilherme, Edmundo, Nonô!

JONAS — Eu podia mandar buscar Glória no colégio, mas ia adiando, tinha medo. Quando se ama, deve-se possuir e matar a mulher. *(com sofrimento)* Guilherme tinha razão: a mulher não deve sair viva do quarto; nem a mulher — nem o homem.

D. SENHORINHA — Assassino!

JONAS *(sem ouvi-la, com uma espécie de medo retrospectivo)* — Eu não queria fazer isso com Glória; tenho a certeza de que ela pediria para morrer comigo. *(numa espécie de frio)* Mas tive medo!

D. SENHORINHA — Edmundo teve medo e se casou; Nonô teve medo e enlouqueceu... *(veemente, desafiante)* Agora eu, não!

JONAS *(num desespero sagrado)* — Mas o pai tem direito. O pai até se quiser pode estrangular, apertar assim o pescoço da filha!

D. SENHORINHA — Eu não quis esquecer; eu não quis fugir; eu não tive medo, nem vergonha de nada. *(possessa)* Não botei meus filhos no mundo para dar a outra mulher!

JONAS *(mudando de tom)* — Escuta; ouve o que eu vou te dizer: se a gente tiver

	uma filha, eu ponho o nome de Glória!
D. SENHORINHA	— Outra mulher, não! Não quero!
JONAS	*(dominando-a)* — Se você não quiser, eu mato você, aqui mesmo! Mato!
D. SENHORINHA	*(dominada pelo terror)* — Não, Jonas, não!
JONAS	— Glória!
D. SENHORINHA	— Mas aqui, não!
JONAS	— Aqui, sim! aqui mesmo! Ou lá fora! *(acariciando bestialmente a esposa)* Eu te chamando de Glória!

(Aperta entre as mãos o rosto da mulher; tem, então, um gesto brusco, de repulsa.)

JONAS	— Não adianta — é inútil!
D. SENHORINHA	— Mas que foi?
JONAS	*(meio obscuro)* — Minha filha morreu. *(lento)* PARA MIM ACABOU-SE O DESEJO NO MUNDO!

(D. Senhorinha passa as costas da mão na boca com repugnância.)

D. SENHORINHA   *(insultante)* — Se você soubesse o nojo que eu sempre tive de você, de todos os homens!

(Mudando de tom, numa atitude de adoração.)

D. SENHORINHA   *(acariciando o próprio ventre)* — Só tenho amor para meus filhos!

JONAS   — Teve nojo de mim — e ódio! Sempre desejou a minha morte, você e todos os meus filhos, menos Glória! Por que não me matou e por que não me mata agora?

(Aproxima-se de d. Senhorinha, que recua apavorada.)

JONAS   — Quer? eu deixo! num instante! Olha, é só você apertar o gatilho...

(Tira o revólver com que deveria matar Guilherme. D. Senhorinha está apavorada.)

D. SENHORINHA   — Não, Jonas, não!
JONAS   — Toma! segura!

(D. Senhorinha aceita o revólver, mas é como se a arma lhe desse náusea.)

JONAS   *(gritando)* — Agora, atira! *(fora de si)* atire! ande — está com medo? Pelo amor de Deus, atire!

(D. Senhorinha não se resolve, tomada de terror. Mas ouve-se, então, o grito de Nonô, como um apelo.)

D. SENHORINHA   — Nonô me chama — vou para sempre.

(D. Senhorinha puxa o gatilho duas vezes; Jonas é atingido. Cai mortalmente ferido.)

JONAS   *(num último arquejo)* — Glória!

(D. Senhorinha parte para se encontrar com Nonô e se incorporar a uma vida nova. Jonas morre.)

CORO   — *Suscipe, Domine, servum Tuum in locum Sperandae sibi salvationis a misericordia tua. Amen. Libera, domine, animan servi tui ex omnibus periculis inferni, et de laqueis poenarum, et ex omnibus tribulationibus. Amen. Libera, domine, animan servi tui, sicut liberasti henoch et eliam de communi morte mundi. Amen.*[13]

(*O coro vai caindo, sem necessidade de completar a oração fúnebre.*)

FIM DO TERCEIRO E ÚLTIMO ATO

---

[13] "*Suscipe* etc..." Tradução livre: "Guardai, Senhor, Vosso servo onde espere sua salvação pela Vossa Misericórdia. Amém. Livrai, Senhor, a alma de Vosso servo de todos os perigos do inferno e das suas penas e de todos os males. Amém. Livrai, Senhor, a alma de Vosso servo, como livraste Henoch e Elias da morte comum neste mundo."

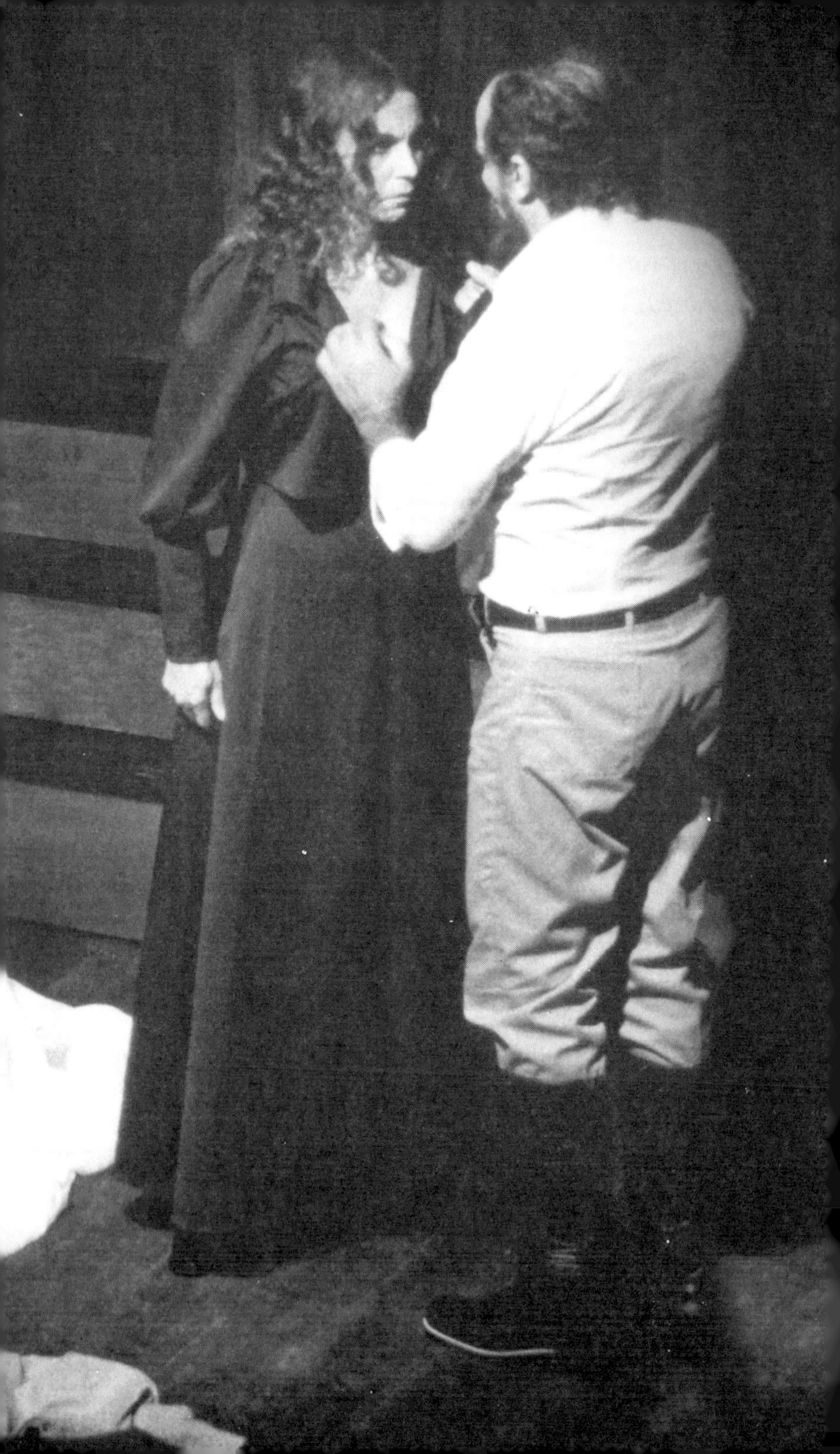

POSFÁCIO

O TEATRO DESAGRADÁVEL DE NELSON RODRIGUES

*André Seffrin**

Especialistas alertam para a diferença entre literatura dramática — *drama*, na tradição inglesa — e espetáculo cênico — *teatro*, na tradição francesa. Dramaturgo seria o autor literário da peça, isto é, quem a escreve; teatrólogo, por sua vez, seria o diretor, aquele que coordena a sua montagem no palco.

    Pois é. As peças de Nelson Rodrigues foram numerosas vezes encenadas e por importantes diretores de teatro. Pode-se dizer, sem exagero, que nesses casos autor e diretor dividiram a "autoria" das peças, uma vez que coube ao encenador revelar a outra dimensão do texto — a sua, digamos, tradução no palco por meio de cenários, atores etc. E não seria falso também afirmar que são os jogos de cena que acabaram por promover, e cada vez mais, o divórcio entre literatura e teatro, detalhe sem dúvida importante que é bom não ignorar no panorama do teatro moderno.

---

* André Seffrin é crítico e ensaísta. Organizou, entre outros livros, *Poesia completa e prosa seleta*, de Manuel Bandeira.

Voltando a Nelson Rodrigues, sabe-se que às vezes ele implicava com certas "versões" de suas peças no palco e mesmo com suas adaptações cinematográficas. Não por acaso, chegou a dizer, certa vez, que preferia os diretores de teatro "burros" porque esses interferiam menos no texto e nas disposições gerais do autor. Uma entre suas tantas idiossincrasias de escritor muito disputado e "transformado" por diversos e grandes diretores de teatro, da histórica montagem de *Vestido de noiva*, dirigida por Ziembinski em 1943, às montagens mais recentes, dos últimos vinte ou trinta anos, com direções de Antunes Filho, Aderbal Freire Filho e Luiz Arthur Nunes, entre outros.

Publicada em junho de 1946 pelas Edições do Povo, *Álbum de família* era então uma peça conhecida por poucos, uma vez que sua montagem foi interditada pela censura federal em 17 de março de 1946. Motivo? Atentado à moral, incitação ao crime. Em 1967, com suas habituais interjeições, Nelson afirmou que essa peça "passou 21 anos encarcerada, enjaulada como uma cachorra hidrófoba". De fato, sua estreia no palco aconteceria muito depois, no Teatro Jovem, em 28 de julho de 1967, dirigida por Kleber Santos.

Sensível aos acontecimentos, já nos anos 1940 Nelson percebeu que era árduo o caminho do teatro e constatou o "óbvio ululante": teatro se faz é com público. E o público, como a censura, passou também a hostilizá-lo duramente. Princípio e fim de tudo: *Álbum de família*. Em longo depoimento publicado na revista *Dionysos* (Serviço Nacional de Teatro, outubro de 1949), Nelson se refere à peça como "teatro desagradável". Trechos desse antigo depoimento (diga-se de passagem, um depoimento fundamental para a compreensão do seu teatro) foram reproduzidos, com alterações, em crônica de 1967 (posteriormente incluída no livro *Memórias: a menina sem estrela*), na qual se pode ler:

> Uma meia dúzia aceitou *Álbum de família*. A maioria gritou. Uns acharam "incesto demais", como se pudesse haver "incesto de menos". De mais a mais, era uma tragédia "sem linguagem nobre". Em suma: a quase unanimidade achou a peça de uma obsessiva, monótona obscenidade. Augusto Frederico Schmidt falou na minha "insistência na torpeza". O dr. Alceu [Amoroso Lima] deu toda razão à polícia, que interditaria a peça; meu texto parecia-lhe da "pior subliteratura".

Em outra crônica, de 1969, incluída em *O reacionário: memórias e confissões* (1977), ele voltou ao assunto:

> *Álbum de família*, a tragédia que se seguiu a *Vestido de noiva*, inicia meu ciclo do "teatro desagradável". Quando escrevi a última linha, percebi uma outra verdade. As peças se dividem em "interessantes" e "vitais". Giraudoux faz, justamente, textos "interessantes". A melodia de sua prosa é um luminoso disfarce de sua impotência criadora. Ao passo que todas as peças "vitais" pertencem ao "teatro desagradável". A partir de *Álbum de família*, tornei-me um abominável autor. Por toda a parte, só encontrava ex-admiradores. Para a crítica, autor e obra estavam justapostos e eram ambos "casos de polícia".

Considerado pornográfico, a partir de *Álbum* Nelson perdeu e ganhou admiradores em proporções mais ou menos iguais, muito embora, com *Vestido de noiva*, já tivesse conquistado apoios importantes: Manuel Bandeira, Dinah Silveira de Queiroz, Prudente de Moraes Neto (que então assinava Pedro Dantas, pseudônimo), Lúcia Miguel Pereira, Lúcio Cardoso, Sergio Milliet, Lêdo Ivo, Rubem Braga, entre outros nomes de relevo nacional. Sem esquecer Jorge Amado, na época deputado federal pelo Partido Comunista e que andava às voltas com leis, uma delas que pusesse fim à censura nas artes; como romancista, ele fora igualmente vítima de censura. Esses apoios, contudo, não impediram que, em 1948, Nelson tivesse outra peça censurada, *Anjo negro*. Com esse novo impedimento, cresceu o seu estigma de "autor proibido", do qual nunca conseguiu desvencilhar-se. Assim como da angústia oriunda de suas radicais escolhas.

Angústia, é bom lembrar, já presente na estreia de *A mulher sem pecado*, drama em três atos escrito em 1939 e encenado em 1941. *Vestido de noiva*, a segunda peça, que o consagrou definitivamente como o grande renovador do gênero, iria incomodar também pela simplicidade dos diálogos, considerados "pobres" do ponto de vista literário. Não foram poucos, por outro lado, aqueles que perceberam nessa suposta "pobreza" o segredo que propiciou o salto renovador. Era o tema ajustado à linguagem, e a linguagem adequada às intenções do autor. De tal forma que a peça se tornou um divisor de águas e é hoje lugar-comum dizer-se do teatro brasileiro antes e depois de Nelson, antes e depois de *Vestido de noiva*. Que enfim abriu caminho para os elementos de cunho "desagradável" de *Álbum de famí-*

lia, que Arnaldo Jabor viu como "um drama de raiz (...), o exílio da vida integral no ventre materno", com personagens que são, segundo Hélio Pellegrino, símbolos e arquétipos "solenes e terríveis na sua grandeza e na sua miséria super-humanas", acrescentando ainda Hélio que o "não entendimento deste fato gera equívocos ingênuos e grosseiros". Visão acentuada mais tarde por Sábato Magaldi em estudo fundador, *Teatro da obsessão* (2004): "Desinteressado de manter qualquer tipo de disfarce, Nelson propôs, em *Álbum de família*, um exercício de autenticidade absoluta." Isso porque, enfatiza Sábato, suas "personagens decidiram abolir a censura — engodo da conveniência que lhes permite o convívio —, para vomitar a sua natureza profunda, avessa a quaisquer padrões". Já Décio de Almeida Prado, em *Apresentação do teatro brasileiro moderno: crítica teatral* (1956), chama atenção, na montagem de *A falecida* (1953), para uma forma teatral que considera direta, dirigida "imediatamente ao público", com um diálogo vivo que incorpora "a gíria na linguagem do palco sem qualquer artificialismo". Um ano depois, em texto impresso no programa de *Senhora dos afogados*, acrescenta o cenógrafo Santa Rosa informação importantíssima teimosamente ignorada por muitos: no teatro de Nelson tudo deve se resolver por uma "simplificação essencial".

Claro, uma "simplificação essencial" que não se limita ao cenário, vai além, deve adequar-se à exigência de linguagem e de tema perseguidos pelo autor desde o início. Porque seu tema, liso e único, se define pelos dilemas do sexo — sexo como tabu, desvio e desordem, em oposição ao amor. Assim é inclusive nos seus romances e crônicas — e nestas, especialmente, Nelson alcança desenhos caricaturais e, por vezes, burlescos. Evidente que também nas peças há a presença do burlesco, não raro a partir de seus títulos: *Viúva, porém honesta, Perdoa-me por me traíres, Toda nudez será castigada, Bonitinha, mas ordinária* etc. Não faltam, nessas peças, os mais desatinados crimes de paixão. E sexo, traição e morte são, de maneira inequívoca, os pontos nucleares de *Álbum de família*: "Como se a nossa família fosse a única e primeira", diz o personagem Edmundo, em busca do céu (ou paraíso) não depois da morte, e sim antes do nascimento, na proteção do útero materno. Ora, uma família como todas as famílias, no entanto, matricial, fora do tempo e do espaço, e que se resolve ou dissolve com a potência da tragédia grega. Por esse motivo, foi classificada por Sábato Magaldi como uma das peças "míticas" do autor, ao lado de *Anjo negro, Doroteia* e *Senhora dos afogados*.

Um conjunto de peças que conquistou igual reconhecimento entre historiadores literários, um reconhecimento à altura do gênio que é Nelson Rodrigues. Luciana Stegagno Picchio, por exemplo, em *História da literatura brasileira* (1997), destacou, nesses seus dramas, a linguagem "cada vez mais crua, os motivos propostos mais escabrosos" e, em particular, a "sagração do amor incestuoso" neste *Álbum* que o próprio Nelson definiu como genesíaco. Sim, com todos os simbólicos incestos que se fizeram necessários e os seus muitos escândalos, que nunca deixou de provocar por conta de suas implicações freudianas, e, em particular, pelo que há de subconsciente em sua construção.

SOBRE O AUTOR

NELSON RODRIGUES E O TEATRO
*Flávio Aguiar**

Nelson Rodrigues nasceu em Recife, em 1912, e morreu no Rio de Janeiro, em 1980. Foi com a família para a então capital federal com sete anos de idade. Ainda adolescente, começou a exercer o jornalismo, profissão de seu pai, vivendo em uma cidade que, metáfora do Brasil, crescia e se urbanizava rapidamente. O país deixava de ser predominantemente agrícola e se industrializava de modo vertiginoso em algumas regiões. Os padrões de comportamento mudavam numa velocidade até então desconhecida. O Brasil tornava-se o país do futebol, do jornalismo de massas, e precisava de um novo teatro para espelhá-lo, para além da comédia de costumes, dos dramalhões e do alegre teatro musicado que herdara do século XIX.

---

* Flávio Aguiar é professor de Literatura Brasileira da USP. Ganhou o Prêmio Jabuti em 1984, com sua tese de doutorado *A comédia brasileira no teatro de José de Alencar*, e, em 2000, com o romance *Anita*. Atualmente coordena um programa de teatro para escolas da periferia de São Paulo, junto à Secretaria Municipal de Cultura.

De certo modo, à parte algumas iniciativas isoladas, foi Nelson Rodrigues quem deu início a esse novo teatro. A representação de *Vestido de noiva*, em 1943, numa montagem dirigida por Ziembinski, diretor polonês refugiado da Segunda Guerra Mundial no Brasil, é considerada o marco zero do nosso modernismo teatral.

Depois da estreia dessa peça, acompanhada pelo autor com apreensão até o final do primeiro ato, seguiram-se outras 16, em trinta anos de produção contínua, até a última, *A serpente*, de 1978. Não poucas vezes teve problemas com a censura, pois suas peças eram consideradas ousadas demais para a época, tanto pela abordagem de temas polêmicos como pelo uso de uma linguagem expressionista que exacerbava imagens e situações extremas.

Além do teatro, Nelson Rodrigues destacou-se no jornalismo como cronista e comentarista esportivo; e também como romancista, escrevendo, sob o pseudônimo de Suzana Flag ou com o próprio nome, obras tidas como sensacionalistas, sendo as mais importantes *Meu destino é pecar*, de 1944, e *Asfalto selvagem*, de 1959.

A produção teatral mais importante de Nelson Rodrigues se situa entre *Vestido de noiva*, de 1943 — um ano após sua estreia, em 1942, com *A mulher sem pecado* —, e 1965, ano da estreia de *Toda nudez será castigada*.

Nesse período, o Brasil saiu da ditadura do Estado Novo, fez uma fugaz experiência democrática de 19 anos e entrou em outro regime autoritário, o da ditadura de 1964. Os Estados Unidos lutaram na Guerra da Coreia e depois entraram na Guerra do Vietnã. Houve uma revolução popular malsucedida na Bolívia, em 1952, e uma vitoriosa em Cuba, em 1959. Em 1954 o presidente Getúlio Vargas se suicidou, e em 1958 o Brasil ganhou pela primeira vez a Copa do Mundo de futebol. Dois anos depois Brasília era inaugurada e substituía o eterno Rio de Janeiro de Nelson como capital federal. A bossa nova revolucionou a música brasileira, depois a Tropicália, já a partir de 1966.

Quer dizer: quando Nelson Rodrigues começou sua vida de intelectual e escritor, o Brasil era o país do futuro. Quando chegou ao apogeu de sua criatividade, o futuro chegava de modo vertiginoso, nem sempre do modo desejado. No ano de sua morte, 1980, o futuro era um problema, o que nós, das gerações posteriores, herdamos.

Em sua carreira conheceu de tudo: sucesso imediato, censura, indiferença da crítica, até mesmo vaias, como na estreia de *Perdoa-me por me traíres*, em 1957. A crítica fez aproximações do teatro de Nelson Rodrigues com o teatro norte-americano, sobretudo o de Eugene O'Neill, e com o teatro expressionista alemão, como o de Frank Wedekind. Mas o teatro de Nelson era sempre temperado pelo escracho, o deboche, a ironia, a invectiva e até mesmo o ataque pessoal, tão caracteristicamente nacionais. Nelson misturou tempos e mitos, como em *Senhora dos afogados*, em que se fundem citações de Shakespeare com o mito grego de Narciso e o nacional de Moema, nome de uma das personagens da peça e da índia que, apaixonada por Diogo de Albuquerque, o Caramuru, nada atrás de seu navio até se afogar, imortalizada no poema de Santa Rita Durão, "Caramuru".

Todas as peças de Nelson Rodrigues parecem emergir de um mesmo núcleo, onde se misturam os temas da virgindade, do ciúme, do incesto, do impulso à traição, do nascimento, da morte, da insegurança em tempo de transformação, da fraqueza e da canalhice humanas, tudo situado num clima sempre farsesco, porque a paisagem é a de um tempo desprovido de grandes paixões que não sejam a da posse e da ascensão social, e em que a busca de todos é, de certa forma, a venalidade ou o preço de todos os sentimentos.

Nesse quadro vale ressaltar o papel primordial que Nelson atribui às mulheres e sua força, numa sociedade de tradição patriarcal e patrícia como a nossa. Pode-se dizer que, em grande parte, a "tragédia nacional" que Nelson Rodrigues desenha está contida no destino de suas mulheres, sempre à beira de uma grande transformação redentora, mas sempre retidas ou contidas em seu salto e condenadas a viver a impossibilidade.

Em seu teatro, Nelson Rodrigues temperou o exercício do realismo cru com o da fantasia desabrida, num resultado sempre provocante. Valorizou, ao mesmo tempo, o coloquial da linguagem e a liberdade da imaginação cênica. Enfrentou seus infernos particulares: tendo apoiado o regime de 1964, viu-se na contingência de depois lutar pela libertação de seu filho, feito prisioneiro político. A tudo enfrentou com a coragem e a resignação dos grandes criadores.

CRÉDITOS DAS IMAGENS

Páginas 6 e 7: Cena da montagem de *Álbum de família* dirigida por Antunes Filho em 1984, em São Paulo. (Acervo Cedoc / Funarte)

Página 12: Maria Olívia (*D. Senhorinha*) na montagem de *Álbum de família* dirigida por José Mayer, em 1978. A peça esteve proibida pela censura durante 22 anos. (Acervo Cedoc / Funarte)

Página 54: Palmira Barbosa (*Tia Rute*) na montagem de *Álbum de família* dirigida por José Mayer, em 1978. (Acervo Cedoc / Funarte)

Página 96: No Mambembão de 1978, José Mayer dirige e produz os cenários de *Álbum de família*. Breno Fon Silva, à esquerda, e Ricardo Luiz estão no elenco da peça. (Acervo Cedoc / Funarte)

Página 148: Em *Álbum de família*, encenada no Teatro Experimental Eugenio Kutnet (*Teek*) durante o Mambembão de 1978, *Jonas* (Ricardo Luiz) se aproxima de *D. Senhorinha* (Maria Olívia). (Acervo Cedoc / Funarte)

Direção editorial
Daniele Cajueiro

Editora responsável
Janaína Senna

Produção editorial
Adriana Torres
Mariana Bard
Rachel Rimas

Revisão
Carolina Rodrigues
Luiz Felipe Fonseca

Projeto gráfico de miolo
Sérgio Campante

Diagramação
Filigrana

Este livro foi impresso em 2020
para a Nova Fronteira